DAVIDE VEZZOLI

ALTER & EXECRARIS

ISBN : **978-1-913964-08-5**

A catalogue record for this book is available from the British Library.

Cover: Iodacasamia

Author: Davide Vezzoli

Editor: Wolf Graham

Publishing Company: Black Wolf Edition & Publishing Ltd.

Scotland

www.blackwolfedition.com

I tetti di L.A.

Era ormai passata la mezzanotte. Primus sedeva davanti alla sua postazione analizzando i dati che venivano ciclicamente mostrati sui sei schermi della consolle: posizione delle volanti della polizia di pattuglia, statistiche delle chiamate al 911, dati dal pronto soccorso. Non c'era nulla di cui preoccuparsi.

Aveva minuziosamente riprodotto, in una stanza nascosta della sua abitazione, una specie di centrale dati, come quelle che si possono trovare nelle stazioni di polizia moderne: quattro computer con CPU Cray, un sistema satellitare di interfaccia dati, uno scanner della polizia e tutto il necessario per poter tenere sotto controllo il più possibile la città.

Si sfilò il guanto in pelle della mano destra e prese la tazza di the fumante che stava di fianco al mouse, se la portò alla bocca senza distogliere lo sguardo dai monitor, fece un piccolo sorso e poi la ripose sul sottobicchiere. Lucius, il suo maggiordomo, si curava di lui in tutti i minimi dettagli, d'altronde era il suo lavoro.

Seppur interrotto frequentemente dai numerosi "bip" emessi dai computer che riempivano la stanza, il silenzio era evidente. A volte passavano ore prima che ci fosse necessità di intervenire, Lucius spesso aveva esortato il suo padrone ad andare a letto e di impostare un allarme qualora si fosse verificato un caso in cui fosse stato necessario intervenire ma, Primus non era d'accordo; doveva essere sveglio e vigile, pronto ad agire.

Posò gli occhi nuovamente sulla tazza del the e fece per raccoglierla quando un "bip" diverso dagli altri gli fece rivolgere subito lo sguardo al monitor.

Nel mezzo dello schermo lampeggiava la scritta 10-90, che nel gergo della polizia significa "allarme della banca" e, subito dopo 10-150, "avvistamento Alter".

Fissò lo schermo per qualche secondo. Visto il tipo di

allarme precedente, bastava fare due più due per capire che quello avvistato era un Alter di tipo Execraris.

Nel giorno della comparsa di Primus, il mondo era venuto a conoscenza dell'esistenza di persone diverse dal genere umano, persone capaci di fare cose fino ad allora credute impossibili, alterate geneticamente: gli Alter.

Col passare del tempo, comparvero in numero sempre più grande, un po' in tutto il pianeta soprattutto negli Stati Uniti e nell'Europa centrale. Queste persone avevano abilità e capacità al di fuori del comune e mentre alcune si misero al servizio della comunità altre, purtroppo, si diedero alla criminalità.

D'altronde era facile: trovarsi in una situazione sociale difficile ma avere abilità al di sopra dell'uomo comune significava non poter essere contrastato da nessuno, se non da un altro Alter, risultava così molto più semplice votarsi alla delinquenza.

I criminali con poteri speciali vennero definiti Execraris, per la loro natura maligna ed incline alla malavita.

Primus di fronte al segnale sullo schermo, ed essendo bene a conoscenza del fatto che di Alter pacifici ne erano rimasti pochi ormai sulla faccia della Terra, si alzò di scatto e si fiondò nella cabina ascensore che dava al garage sottostante dove lo attendeva, sempre pronta all'azione, la sua fedele Spacer.

La Spacer all'apparenza era una comunissima moto da corsa; era stata invece progettata direttamente da Primus. Aveva fatto costruire i vari pezzi in diverse fabbriche localizzate in varie parti del mondo, così che il progetto finale non fosse alla portata di nessuno e se li era fatti recapitare ad un box pubblico non nominativo nella periferia di Los Angeles. All'assemblaggio ci aveva pensato direttamente lui, assieme al suo fedele maggiordomo Lucius.

Non appena l'ascensore toccò il secondo piano sotterraneo, Primus scattò verso il mezzo, ci salì a cavalcioni e lo mise in moto appoggiando l'indice della mano destra sulla placca centrale della plancia, poi schizzò fuori dal garage a tutta velocità.

La sua abitazione era ben distante dalla città ma, grazie ai razzi a propulsione nanotomica della Spacer (che si basava sulla propulsione spaziale nucleare ad impulso, come per il progetto NASA Orione o il successivo Dedalo) riuscì ad essere nella zona da cui era stato lanciato il 10-150 nel giro di pochi minuti.

Arrivò davanti a un palazzo abitativo di 3 piani, nella periferia di Los Angeles.

Era la notte di Halloween: festoni, zucche e luci addobbavano quel palazzo, gli schiamazzi dei bambini riecheggiavano felici nella tarda serata che stava ormai per trasformarsi in notte.

Tanto meglio, poteva muoversi anche con più disinvoltura. Solitamente agiva di notte ma, veniva comunque avvistato da gente che non dormiva e stava alla finestra a guardare il mondo. A volte era una seccatura perché, le urla goliardiche dell'avvistatore venivano sentire anche dagli Execraris o dai semplici delinquenti che Primus stava controllando, nascosto in un anfratto o dietro ad un gargoyle.

Ma nella notte di Halloween poteva gironzolare tranquillamente anche per le strade, al massimo gli avrebbero fatto i complimenti per la bella replica, quasi perfetta avrebbe detto qualcuno, del costume di Primus.

Non fece nemmeno in tempo a pensare di spegnere il motore che, dal tetto del palazzo, vide cadere una sagoma umana. Immediatamente diede gas, la Spacer con un boato si impennò e si diresse velocemente verso il corpo in caduta. Tre piani erano pochi tanto quanto i secondi che un corpo poteva metterci a toccare terra. Primus girò la manopola dell'acceleratore fino a fondo, la Spacer emise un ruggito ed una fiamma azzurro-viola uscì dal mini reattore centrale posteriore, facendo balzare la moto in aria, direttamente verso il corpo in caduta.

Primus riuscì ad avvicinarsi al corpo solo a metà tra il primo ed il secondo piano ma, tanto quanto fosse abbastanza da poterlo prendere al volo, balzando dalla moto a mezz'aria.

Nello slancio coricò il corpo sulla spalla sinistra e grazie ad uno scatto repentino si aggrappò al cornicione del secondo piano, fece poi una capriola su sé stesso e con la mano destra raggiunse il davanzale della finestra del terzo piano. Con una mossa veloce e decisa fece adagiare il corpo del ragazzo sul tetto del palazzo, poi fu una bazzecola salire e trovarsi faccia a faccia con l'essere che lo aveva spinto giù.

Venere. Quante cose ricorda questo nome. La Nascita di Venere, famoso dipinto di Botticelli. La stupenda Dea romana della bellezza, che in Grecia era chiamata Afrodite. Oppure, semplicemente, la cosa più ovvia, quella che Jimmy stava osservando con il suo telescopio, che il padre gli aveva regalato anni fa per il suo undicesimo compleanno: il pianeta Venere, l'astro più lucente dopo il Sole e la Luna.

Jimmy amava stare sul tetto del suo palazzo durante notti come quella. Notti in cui sembrava che Dio si fosse dimenticato di dipingere le nuvole, dove la luna, che appariva gigantesca quella notte, mutava il paesaggio in un dipinto del periodo blue di Picasso.

Le immensità dello spazio ed ancor più dei corpi celesti, erano per lui un'attrazione immensa ma, Jimmy non aveva mai sognato di fare l'astronauta come si poteva credere. Anzi, aveva sempre considerato allenamenti e prove da sostenere per diventare piloti interspaziali come dei supplizi, delle fatiche inaudite e, a suo modo di vedere, un po' ingiustificate.

Lui che vomitava anche sulle montagne russe più lente e basse, non avrebbe certo potuto fare un salto nel vuoto come fanno gli astronauti. Tuttavia i pianeti gli piacevano e se ne stava lì nel silenzio ovattato di quella notte di Halloween, apprezzando che niente disturbasse quei suoi intensi momenti d'adorazione per ciò che stava ammirando.

Odiava Halloween per due motivi: il caos che la folla creava riversandosi nelle strade a festeggiare e l'idiozia che ne nasceva. Gente sempre pronta a giocare scherzi di cattivo gusto, come tirarti uova marce se sei fortunato o legarti e lasciarti sui binari del treno se lo sei meno.

Venere era lì, immobile, bellissimo, lucente come sempre. Sembrava quasi impossibile che un pianeta talmente intrigante fosse anche così inospitale: la temperatura superficiale riesce a raggiungere i 475 gradi centigradi, capace di fondere metalli come zinco e piombo. La pressione raggiunge le novantadue atmosfere, in pratica sostare su Venere sarebbe come stare in piedi a 1000 metri sul fondo del mare. Anche la sua superficie, se si potesse visitare da vicino, sarebbe molto meno attraente: deserti gialli, con qualche altipiano sparpagliato a caso e vulcani praticamente ovunque, tanti dei quali ancora attivi. Un paesaggio idoneo a Lucifero anziché paradisiaco come il nome del pianeta potrebbe indicare.

Il silenzio fu interrotto da una voce con tono ironico che proveniva dalle sue spalle: «Guardi le stelle, ragazzo?»

Jimmy si voltò di scatto impaurito. Non c'era mai stato nessuno su quel tetto e vivere a Los Angeles certo non ti fa pensare al coniglio pasquale che quest'anno è arrivato in anticipo. Soprattutto la notte di Halloween.

La figura si fece avanti con un balzo che nessuna persona con il cervello a posto, avrebbe definito umano. Quell'individuo ancora indistinto e celato dall'oscurità, aveva coperto con un salto una distanza che, secondo Jimmy, ad occhio e croce era di circa 15 metri; o era una persona molto allenata che non aveva mai pensato di andare alle Olimpiadi, oppure era un Alter.

Jimmy non sapeva se essere entusiasta o iniziare ad avere i brividi. Non ce n'erano rimasti molti di Alter, dopo lo scoppio della bomba. Los Angeles era territorio protetto da Primus e quindi si poteva contare sul Leaguer migliore, tuttavia i cosiddetti Execraris, come li aveva definiti in un talk show Luis Marshall, il noto conduttore televisivo di NT5, continuavano ad esistere, con le loro gang, ognuno nella propria città, sempre alla ricerca di banche abbastanza grandi da rapinare, persone abbastanza ricche da rapire o povere vittime da massacrare fino all'arrivo dell'Alter di turno con cui potersi prendere a pugni e magari farsi un nome cercando di ucciderlo. Ma di Alter ormai ne erano rimasti, appunto, pochi.

La figura spettrale si fece avanti. Jimmy non ne aveva mai visto uno dal vivo, tanto meno un Execraris. La sua esperienza si era sempre limitata a qualche foto sgranata sui giornali e subito capì che sfortunatamente non si poteva trattare di Primus.

Dentro al ragazzo la paura iniziò a farsi strada come un fiume in piena che scende a valle impetuosamente, spaccando gli argini.

«Sai, una volta un poeta scrisse che se guardi le stelle, loro guardano in te.», disse la sagoma parlante.

Jimmy riuscì solo a deglutire, anche se ormai la saliva era scomparsa dalla sua bocca e la gola grattava come carta vetrata.

Eppure era buffo come in quella situazione, riuscisse a pensare solo ai problemi di cultura del mostro: “Se guardi nell’abisso, l’abisso guarderà dentro di te” questa era la frase giusta, pensava Jimmy; l’ha detta Nietzsche, tutto era tranne che un poeta.

Gli frullava continuamente in testa, come non avesse altro da fare se non correggere gli errori letterari dell’abominio che aveva di fronte.

Il tetto era grande come un campo da football e da un capo all’altro scorrevano fili d’acciaio ricoperti di nylon lunghi una decina di metri, che le signore dei piani alti utilizzavano per stendere il bucato. Sulla sinistra c’erano un paio di bocchettoni per l’aerazione mentre a destra, socchiusa e muta rimaneva la porta in lamiera che dava alla tromba delle scale.

In un momento di ritrovata lucidità Jimmy pensò di fuggire, fece per buttarsi verso destra cercando di arrivare alla porta che dava alle scale ma l’Alter con un altro balzo gli si parò davanti impedendoglielo.

Emise un suono di dissenso con la lingua, simile al ticchettio di un orologio, agitando il dito incredibilmente lungo e infilato in un guanto bianco davanti al volto del ragazzo, ormai più pallido della stessa Luna disegnata in cielo quella notte.

Jimmy stava fissando quella specie di uomo e stentava a credere a quello che vedeva.

Grandi occhi gialli, venati di rossi capillari imbizzarriti, talmente grandi che uscivano dalle orbite come se stessero per schizzargli fuori da un momento all’altro. Denti taglienti, conficcati in una bocca larga contornata da labbra smilze, che sembravano usciti da una di quelle pubblicità dove un cuoco ciccione decanta le lodi di coltelli dai mirabolanti nomi giapponesi, affilati come sciabole di antichi samurai. La cute, tirata sulle ossa, azzurrina ma estremamente chiara come il ghiaccio artico, appariva spessa e dura come il cuoio; non erano guanti bianchi quelli che indossava, era il colore della sua pelle! Ed i capelli, quelli non li aveva. Aveva una specie di cono cristallino e azzurro che gli allungava il cranio nella direzione opposta alla faccia.

Eppure aveva un bel vestito. Un gessato blu, elegante. Sicuramente di fattura Italiana.

Ed era dannatamente alto. Jimmy era un po' sotto statura per la sua età. A diciassette anni era un metro e cinquantotto e nella squadra di basket della scuola poteva coprire solo il ruolo di playmaker, cosa che, tuttavia, gli riusciva anche abbastanza bene. Ma il mostro era veramente alto. Avrebbe potuto giocare da ala, pensò il giovane in maniera un po' illogica per la situazione e la logica aveva ben poco a che vedere con il personaggio che Jimmy realizzò infine di avere davanti: "Icyman", il peggiore criminale vivente che potesse mai esistere era lì davanti a lui e lo minacciava!

«Bambino... non si scappa dall'Icyman» ed uscivano, da quella specie di tagliaerba che aveva al posto della bocca, nuvole di vapore che subito si condensavano in cristalli di ghiaccio cadendo a terra come se stesse nevicando in un microcosmo.

«Volevi vedere le stelle stanotte, eh? Beh, eccoti servito!»

L'Execraris afferrò con forza le braccia del ragazzo, che era ormai immobile e rigido come un'asse di tek e con una spinta inaudita lo scaraventò fuori dal parapetto.

Jimmy, durante la caduta, riusciva a vedere solamente la luna e non faceva altro che pensare a tutte le pene che gli astronauti dovevano sopportare durante i test e che, forse, non erano poi così inutili.

Il suo corpo iniziò a prendere velocità, attirato dalla forza di gravità verso il centro della terra, era come se fosse stato legato ad una macchina da formula uno e al volante ci fosse il miglior pilota del mondo che cercasse di migliorare il record della pista.

In tre secondi il suo corpo era passato da zero a centocinque chilometri l'ora. Altri tre secondi e le sue ossa avrebbero iniziato a frantumarsi per il contatto con l'asfalto, il cranio avrebbe subito un colpo talmente forte che gli occhi sarebbero penetrati dentro il suo cervello mentre mascella e trachea si scambiavano di posto. Sterno e colonna vertebrale si sarebbero fuse in una strana composizione, mentre tutti i suoi organi interni sarebbero esplosi.

Il palazzo contava solo tre piani, ma i sei secondi che stavano trascorrendo non gli erano mai sembrati così lunghi. Riguardo alle storie che si sentono in televisione su quando ci si butta o si viene gettati da un palazzo e si perde conoscenza prima che si tocchi terra, erano stronzate.

Jimmy era ben cosciente di tutto quello che stava accadendo. Sentiva il vento che lambiva i suoi padiglioni auricolari rendendolo praticamente sordo. Eppure riusciva a pensare solamente ai tre piani e a quanto sembravano lunghi quei sei secondi, come quando si fa un viaggio in treno e sembra che non si arrivi mai a destinazione, tra gallerie buie ed imperscrutabili e paesaggi infiniti ma sempre uguali.

Icyman se ne stava appoggiato con i gomiti al parapetto, tenendo il mento tra le mani, a godersi il volo angelico del ragazzo. Fece un sorriso di soddisfazione, socchiudendo gli occhi, poi si voltò. Non gli interessava di vedere il corpo frantumarsi sull'asfalto, era troppo soddisfatto del suo operato per poter godere ulteriormente e così si girò per andarsene da dove era venuto.

Immediatamente si dovette bloccare, lasciandosi scappare un "Uh" mugolato a metà tra la sorpresa e lo spavento.

A cinque centimetri del suo naso si stagliava la faccia severa di Primus, che lo guardava con i suoi occhi neri, vuoti, senza iride e pupilla, da sotto quella maschera da giustiziere senza paura che non copriva tutto il volto ma era attaccata al costume sulla parte del collo, lasciando scoperto mento e bocca per poi ricominciare a coprire il viso dell'uomo all'altezza del naso e su via verso la testa. «Che cosa stai combinando, Icyman?» La voce uscì pura e cristallina.

«Io? Niente!» Disse sorridendo disinvolto Icyman allontanandosi verso il parapetto. «Sto solo cercando del divertimento alternativo, vecchia scimmia primate.»

Primus fece un passo avanti, la pelle nera del suo costume gracidava sotto la tensione dei suoi muscoli, le cuciture si tendevano quasi allo stremo, come se facessero fatica a contenere i muscoli di un corpo praticamente perfetto.

«Lanciare la gente dai palazzi è un divertimento per te, Icyman?» Disse Primus afferrando per il collo l'Execraris e stringendo con rabbia fino quasi a non farlo respirare.

«Che cosa vorresti insinuare? Gahhhk!» Squittì lui sentendo la pressione della mano che ormai era diventata come una tenaglia.

«Che io abbia lanciato qualcuno da questo tetto? Oh, ma fammi il favore...», disse l'Execraris eseguendo il gesto con il braccio di chi vuole far intendere che non sia vero nulla.

«Diciamo... che forse è scivolato... ed è caduto...», poi si divincolò colpendo la mano di Primus e facendogliela abbassare di scatto.

Gli occhi dell'Alter seguirono la propria mano che si abbassava involontariamente e lentamente rialzò lo sguardo a guardare con disprezzo Icyman mentre la sua bocca si torceva in una smorfia di rabbia.

«Beh, ghiacciolo, io non posso certo incolparti di cose che non sono avvenute...»

L'Alter Execraris rimase titubante e sul suo volto si tinse un velo di stupore, come se non capisse di cosa stesse parlando il suo nemico giurato. Poi si lanciò verso il bordo del palazzo ansimando e guardò giù. Nessun corpo giaceva sulla strada, solo alcuni bambini stavano cincischiando davanti alla porta dello stabile per scegliere il tasto sul citofono da premere, cercando di capire quale avrebbe potuto far uscire dall'apparecchio la voce di una tenera nonnina pronta a dare più dolci possibili, ma di corpi sull'asfalto non ce n'era nemmeno l'ombra.

Icyman si girò tenendosi aggrappato al parapetto, come se avesse visto un fantasma, spingendo con la schiena il muretto alle sue spalle allo stesso modo di un animale braccato.

La bocca aperta a formare una O perfetta di meraviglia mentre da dietro Primus si scorgeva Jimmy, ancora scosso ma sano e salvo.

«Visto? – disse Primus - Gli angeli sanno volare, non lo sapevi?»

Icyman fece per scagliarsi contro il ragazzo. Con le sue unghie affilate cercò di infilzare il viso di Jimmy che, ancora scosso, non si era nemmeno mosso.

Primus non aveva fatto altro che alzare un braccio per fermare la pulsione del criminale verso il giovanotto.

Prese l'Execraris per il petto e, con una mossa che sembrava uscita dalle televisioni del sabato sera sintonizzate sul canale del wrestling piuttosto che da un'arte marziale, lo stese.

Si inginocchiò tenendo l'avambraccio sul collo del mostro e un ginocchio sul suo petto.

"Icyman, hai finito di creare problemi. Stasera ti porto dentro e la finiamo."

"Basta! Sai bene qual è il mio nome, usalo invece di chiamarmi sempre con quel ridicolo soprannome!"

Primus sapeva bene che il suo vero nome era Stephen Glacier, era stato reso pubblico anni fa, appena dopo il primo arresto ma preferì non usarlo.

"Per me tu sei soltanto un ghiacciolo e, come ho detto prima, finisce qui."

Ma l'Execraris non aveva nessuna intenzione di stare a guardare. Alzando le braccia mostrò a Primus entrambi i palmi delle mani e con un getto di ghiaccio potentissimo lo sbalzò all'indietro, facendolo sbattere contro il muro delle scale che davano ai piani sottostanti dello stabile.

«Tu, maledetto! Tu morirai di morte lenta per mano mia un giorno! Ma prima soffrirai, oh sì se soffrirai! Te la farò pagare per tutte le volte che mi hai umiliato mettendomi i bastoni tra le ruote!»

Così dicendo si girò, spiccò un salto nel vuoto e contemporaneamente abbassò il livello della temperatura corporea, così da far azionare i bracciali che teneva sotto le maniche della giacca. I due getti incanalatori di ghiaccio installati sui polsi si allargarono e scattarono in avanti andando a coprire i pugni.

Icyman sparò un'ondata di ghiaccio verso terra per sostenere il suo peso e si allontanò planando sulle strade, come sospeso nel nulla.

«Come stai ragazzo?» Chiese Primus a Jimmy. «Tutto a posto?»

«Sì Signore. Grazie Signore. Non prenderò più in giro gli astronauti Signore».

Primus non capiva, ma sorrise ugualmente. Poi saltò anch'egli nel vuoto e Jimmy, correndo verso quel parapetto da cui pochi attimi prima aveva fatto un volo di quasi tre piani, vide la nera figura avvolta nella pelle opaca del suo costume allontanarsi sul suo velivolo a reazione, fino a scomparire nella notte.

La Conferenza del Governatore Hart

«Ed è per questo che io vi dico che gli Alter devono essere contenuti. Perché solo così l'umanità potrà essere sicura di vivere senza doversi guardare le spalle da minacce superiori.» - La sua voce, potente ma confortevole, riempiva il silenzio della sala – «Che cosa potrebbe mai fare un uomo comune, un padre di famiglia qualunque, come me o voi, di fronte a super uomini che sparano raggi laser dagli occhi, volano o sollevano 20 tonnellate d'acciaio mentre si grattano il sedere.»

La sala conferenze del Silent Doors Hotel era gremita di giornalisti ma nessuno fiatava, se ne stavano tutti seduti sulle piccole sedie d'acciaio e legno scadente ad ascoltare, impazienti di poter fare una domanda al Governatore Michael Hart, l'uomo che più di tutti si stava battendo per dividere gli Alter dalla popolazione comune.

Hart era sicuro di diventare Senatore se fosse riuscito a mantenere e soprattutto a consolidare la sua linea dura contro gli Alter.

Era un uomo affascinante sulla cinquantina, con capelli grigi a chioma fluente; il viso teso ma curato, per nulla rugoso, era abbronzato di un colore talmente dorato da far risaltare ancora di più gli occhi azzurri. Alto poco più di un metro e ottanta centimetri e con un fisico atletico che già da solo conquistava i voti di tante donne americane.

Il suo sguardo era intenso, mai banale o svagato. Se il Governatore guardava qualcuno, sapeva sempre cosa stava vedendo.

«Governatore Hart!» proruppe Marlene Sheppard del LA News Now «Non crede che così facendo anche gli Alter che ci hanno difeso fino ad ora potranno andarci di mezzo?»

«Cara signorina... » schioccò le dita un paio di volte

guardando in direzione della giornalista e poi chiudendo gli occhi, come ad invitarla a ripetere il suo nome.

«Marlene Sheppard» ribatté pronta la giornalista, quasi eccitata, dondolando sulla sedia.

«Ecco, si. Marlene cara, io penso che gli Alter positivi, quelli che proprio voi giornalisti chiamate eroi – sempre che ce ne siano rimasti – non avranno nessun tipo di problema. Si potranno ritirare a vita privata, rendersi utili alla comunità o anche trovarsi un lavoro normale, una volta che gli Execraris saranno tutti raggruppati e resi sicuri»

«Governatore Hart! Alan Moister. The NY Globe. Cosa intende per sicuri?». La domanda era stata rivolta con un pizzico di malizia, come a stuzzicare possibili fantasmi di un futuro prossimo.

Il governatore non si scompose minimamente e con la stessa parlantina, flemmatico ma deciso, rispose: «Signor Moister, per sicuri intendo: resi inoffensivi per la popolazione. Se pensa che stiamo parlando di detenzione, si potrebbe arrivare anche a questo; anche alla condanna a morte. Pensate, signori! Quanti Homo Sapiens sono stati condannati a morte in passato per aver accoltellato al cuore la moglie che li tradiva o aver spaccato il cranio del vicino di casa con un mattone, perché gli aveva chiesto di abbassare la tivù visto che erano già le dieci e trenta di sera? La lista potrebbe andare avanti per ore. Ora io mi chiedo: un Homo Sapiens Alter Execraris che ha stuprato le nostre figlie, ucciso i nostri fratelli per due spiccioli, derubato le tasche dei contribuenti entrando nelle nostre banche, sparando all'impazzata e scappando, lasciando solo scie di sangue e distruzione dove prima c'era la calma e la quiete, non ha forse che da essere condannato per questo?! Gli eroi che in tante situazioni ci hanno salvato, per quanto ne sappiamo, sono ormai quasi inesistenti, non possiamo restare a guardare, dobbiamo fare qualcosa per preservare la sopravvivenza del genere umano Homo Sapiens!»

«Ma c'è ancora Primus!» intervenne una voce dal fondo.

«Primus, dite? Quel patetico supereroe? Ormai non ci serve più, è vecchio, fuori luogo in questa città e non può più aiutarci; facciamolo andare in pensione».

L'immensa sala cadde in un maestoso silenzio, spezzato pochi secondi dopo solo dalle parole di congedo del Governatore: «E con questo è tutto».

I giornalisti borbottavano tra di loro mentre l'uomo lasciava la sala portandosi dietro tutto il suo carisma.

Abbandonata la conferenza Michael si diresse verso l'ascensore, aveva già premuto il pulsante di chiamata e la tromba dell'elevatore emise un grugnito a segnalare che presto la cabina sarebbe arrivata al piano, quando ad un tratto un applauso lento e svogliato si sovrappose ai cigolii delle corde male ingrassate.

Il Governatore Hart girò appena di lato la testa per vedere chi lo stava applaudendo. Lo riconobbe subito, era Charles Conquer.

I due si conobbero quando Michael fondò la Lega all'inizio degli anni 80, qualche anno dopo essere stato definito "il primo Alter della nostra storia" dalle TV locali.

Se fosse stato merito delle sue gesta a far uscire allo scoperto gli Alter che fino a quel giorno restavano nascosti nell'ombra, intimoriti nello scoprire di possedere poteri particolari e nascondendoli per paura di finire in qualche laboratorio governativo, Michael non lo aveva mai capito.

Dopo che l'esistenza di Primus venne resa pubblica,

comparvero decine di Alter e decine di Execraris in tutto il paese. Gli Execraris subito si resero protagonisti di rapine, omicidi e stupri, creando spesso piccole gang per gestire i territori e soppiantando, in poche settimane, i gruppi Gangsta di Los Angeles.

Primus ebbe modo di studiare i comprimari di quello scenario: Alter, Execraris e relative bande, poi fece in modo di entrare in contatto con quegli Alter che considerava potessero lavorare in un gruppo, formando così la Lega.

Charles Conquer non era tra questi, il suo potere non era così evidente e non era nemmeno utilizzabile per il bene della comunità o per lo meno così si pensava inizialmente. Un giorno si presentò alle porte della sede della Lega, non tanto per offrire i suoi servigi ma per cercare di capire la causa del suo potere: poteva sapere dove si trovava esattamente una persona, un oggetto o un'animale semplicemente pensando ad esso, dopo essere venuto in contatto con il soggetto, anche solo guardando una foto.

Primus capì subito le potenzialità di un tale potere perché aveva un'innata proiezione per la lotta al crimine, cosa che Charles avrebbe potuto acquisire solamente dopo un corretto addestramento e conseguente presa di coscienza delle proprie capacità.

Charles non si rendeva conto che un tale potere era inestimabile per la Lega: la possibilità di localizzare un crimine nel momento esatto in cui veniva compiuto non aveva rivali nel campo della sorveglianza, nemmeno monitorizzando tutte le telecamere delle strade di Los Angeles in tempo reale (e c'erano Alter nella Lega, come Freccia, che erano in grado di farlo) non sarebbe stato possibile identificare l'esatta ubicazione del crimine in atto, a Charles, invece, bastavano tre secondi.

Gli bastava concentrarsi per avere un'istantanea mentale del soggetto, così da dedurne l'esatta ubicazione, ovunque fosse sulla terra; l'immagine appariva nella sua mente come un ricordo di una fotografia scattata molti anni prima, sbiadita ed ingiallita ma che rappresentava a pieno tutte le caratteristiche necessarie ad identificare il luogo: nomi di strade, insegne dei negozi, meteorologia. La fotografia si espandeva poi nella mente di Charles indicandogli chiaramente anche in quale città si trovasse l'oggetto dei suoi pensieri. Diciamo che funzionava come una mappa 3D con la possibilità di zoomare avanti ed indietro. Inoltre, se ciò non fosse bastato a far capire a Charles con precisione la posizione in cui si trovasse il bersaglio, in basso a destra poteva vedere sovraimpresse, un po' come accade su alcune fotografie che riportano data ed ora di scatto, le coordinate geografiche esatte. Il suo potere funzionava in qualsiasi istante, quindi era possibile anche arrivare tardi sul luogo dell'effrazione o del delitto e permettere a Charles di concentrarsi su quei dettagli che gli consentivano di iniziare la geolocalizzazione.

«Charles Conquer...» Asserì il Governatore tornando a guardare la pulsantiera lisa dell'ascensore. «Mi sembri invecchiato…»

«Ciao, Michael. E' passato tanto tempo dall'ultima volta che ci siamo visti...»

«Beh sì, oddio cosa saranno passati? Cinque? Sei anni? Non era a quel convegno pro bambini Brasiliani delle favelas?»

«Michael, era nella Lega» ribatté stizzito Charles e quasi non sembrava più un vecchietto rugoso «sono passati vent'anni!».

«Nella Lega, ah sì... ora ricordo. Certo.» Rispose il Governatore, con l'aria di chi sembra fingere interesse.

«Perché ci stai facendo questo? Tu sei stato il capostipite. Primus: il primo! Tu hai aperto un ciclo, hai dato una mano a quei poveri poliziotti che brancolavano nel buio e si pisciavano sotto nel momento in cui si trovavano davanti Alter Execraris, come Icyman o lo Storpio. Hai aperto gli occhi a tutti noi. Sapevamo fare qualcosa di diverso dagli Homo Sapiens, ma non sapevamo come usarlo o avevamo paura di farlo. Poi abbiamo visto te, che combattevi nelle strade, le stesse strade che noi usavamo tutti i giorni per andare in ufficio e tornare a casa dove leggevamo sul giornale delle tue imprese, mentre una tua foto ti mostrava, poderoso, che sventavi l'ennesima minaccia.»

Il governatore Hart si voltò verso il suo interlocutore. Quello che pensava avrebbe visto non fu esattamente quello che i suoi occhi videro: si aspettava un uomo affaticato, vecchio e rugoso, che ormai era stanco di aver vissuto una vita dedicata agli altri ad esclusione della propria, un uomo che aveva perso tutto il giorno in cui aveva perso i suoi poteri. Ed invece vide un uomo giovanile seppur avanti con l'età, ben vestito e con il viso riposato come se avesse dormito il sonno di mille anni. Ma gli occhi erano stanchi e guardavano verso un luogo lontano che ormai era impossibile raggiungere.

«Charles tu non puoi capire... »

«Certo! Io non posso capire perché ci stai tradendo!?»

«Io non sto tradendo nessuno. Sto puntando ad una carica: Senatore degli Stati Uniti d'America.»

«Ah beh certo! Ed allora ci mandi tutti a puttane?!»

«Lo sai che in California oggi c'è il sessantacinque per cento di concentrazione dei pochi Alter rimasti? Son venuti tutti qui, a nascondersi, ed io cerco solo di difenderli! Solo salendo al potere potrò aiutare la gente come te... e come me.»

«Io non sono più un Alter ormai. Ma la gente si fida di te, come Politico. Ama Primus come eroe. Non c'è bisogno di tutto questo, potrebbe ritorcersi contro di noi.»

«No, ti sbagli. Loro idolatrano i loro eroi, è vero. Ci consideravano la cosa più bella che potesse mai accadere al pianeta Terra. I loro salvatori. Ma questo prima della Bomba.»

E nella sua voce si poteva scorgere un tremito, una leggera malinconia. Come se tutta la fermezza mostrata pochi attimi prima davanti ai microfoni e a duecento giornalisti si fosse sciolta come burro che cade nella pentola rovente.

«La Bomba fu un incidente... » disse l'uomo che una volta veniva chiamato Lo Spettatore.

«No!» Replicò stizzito Michael, come se Charles non sapesse già la verità. «La Bomba fu un nostro errore, non doveva andare così. Sapevamo che Anthony non avrebbe retto ancora per molto, ma nessuno ha fatto niente per aiutarlo, nessuno lo ha cercato per stargli vicino, l'essere smascherato e quello che ne è derivato... lo ha destabilizzato, reso pazzo. Nessuno di noi ha messo impegno nel fermarlo. Poi sappiamo entrambi com'è andata e a te sai quanto è costato...»

«Michael, quando ero un ragazzo leggevo gli albi di Superman e di Spider-Man, poi pensavo: "Cavolo! questi sono Super Eroi!" Capisci? Non erano persone normali e non erano nemmeno eroi. I pompieri sono eroi, ma loro erano Super-Eroi!»

«Quando crebbi – continuò Charles – scoprii le mie abilità. Potevo sapere dove si trovava una persona, un oggetto o un animale ovunque esso si trovasse sulla terra e fino oltre la troposfera. Mi bastava pensare ad esso e puff: compariva davanti a me la sua immagine materializzata in una fotografia. Che si trovasse in una grotta tra i ghiacci dell'Antartide, nel deserto del Sahara o semplicemente di fianco a casa mia, io sapevo esattamente cosa stesse facendo, come fosse fatto e dove si trovasse. Così accadde quel giorno, quando stavo pensando a Lisa Connors, la ragazza più bella della scuola. Ci pensai così tanto che mi si materializzò la sua immagine davanti, mentre si preparava per fare la doccia. All'inizio fui spaventato ed anche un po' sconcertato, ma da quel momento capii le mie potenzialità e che anche io, forse, avrei potuto essere un eroe. Poi arrivasti tu, la gente all'inizio aveva paura, non capiva da dove arrivano le tue abilità, diceva che eri differente dagli altri uomini, che eri "diverso". Che eri un Alter. Ed ora tu vuoi aiutarli ad alimentare la loro paura verso di noi?»

«Charles! Sono già spaventati!» Michael ora stringeva con le mani le braccia di Charles mentre lo guardava con grinta negli occhi «Ma non lo capisci che questo è il solo modo che conosco per cercare di proteggere la gente come te e me, la vecchia Lega e tutti gli altri Alter? Dimentica il periodo prima della Bomba. Dobbiamo combattere la paura adesso. E la paura può far fare all'uomo tante cose. Cose che non vorrei mai accadessero!»

Lo Spettatore annuì solamente, mentre si asciugava le amare lacrime. Poi fece un cenno con il capo.

«Lo sai cosa sta succedendo nell'Est Europa vero?»

Michael Hart lo sapeva, certo che se lo sapeva. Un vigilante e ancora di più un politico, sa come stare al passo con le informazioni, soprattutto quelle che scottano.

E quella notizia scottava come il fondo di un vulcano.

Nuovi Alter, probabilmente anche nuovi Execraris, stavano spuntando come funghi dalla Russia fino all'oceano Atlantico.

«Lo so. Ma non sono un mio problema.»

«Per ora» asserì perentorio Charles.

Michael non rispose. La comparsa di nuovi Alter in una nazione così lontana, ed una volta così nemica, non era una cosa che avrebbe potuto gestire da solo, non nel modo in cui voleva gestire la situazione negli USA.

«Devo andare ora» Disse Charles «c'è Linda che mi aspetta a casa, da sola» e voltandosi si diresse verso le scale.

Primus rimase a guardare il suo vecchio amico scendere la spirale di gradini fino a quando scomparì definitivamente dalla sua vista.

Si voltò, premette di nuovo la pulsantiera dell'ascensore e dopo pochi secondi le porte della cabina si aprirono di nuovo, rilevando al governatore che non avrebbe fatto il viaggio di trentacinque piani tutto da solo: un'avvenente ragazza bionda stava lì a guardarlo come se avesse visto un angelo.

«Ma lei è il Governatore Hart! Oh cavolo non posso credere di essere così fortunata! La ammiro tanto, sa? Per tutto quello che sta facendo contro quei tipacci» – esordì la ragazza – «Io proprio non li sopporto! Fanno quello che vogliono, sa che una volta uno mi ha palpato il sedere? Dovrebbero essere richiusi da qualche parte!»

Il governatore rimase a guardarla mentre mille pensieri gli passavano nella testa, uno dei quali era quello di sferrare uno schiaffo alla ragazzina che parlava a vanvera e che non sapeva quante volte lui avesse rischiato il suo di sedere, o peggio, per salvare quello di ragazzine idiote come lei che non sapevano fare altro che rimanere in mezzo ad una guerriglia tra Lega e FEL – il Fronte degli Execraris Liberi – urlando a squarciagola.

«Posso chiederle un autografo? E magari anche un bacio già che ci sono...» disse la ragazzina piegando la testa e guardandolo in modo sensuale, mentre socchiudeva gli occhi cercando di ammaliarlo.

«Certo.» rispose soltanto Michael.

Firmò il pezzo di carta che la ragazza aveva tirato fuori dalla borsetta ed in un secondo se la ritrovò appesa al collo, che gli schioccava un bacio a tutte labbra sulla guancia sinistra.

L'ascensore si aprì ed erano già al piano terra. La ragazza salutò e scomparve. Il governatore si diresse verso l'uscita, dove un uomo alto e ben vestito lo stava aspettando.

«Oh-ho! Fatto conquiste vedo!»

Era la voce ironica di Lucius, il suo maggiordomo ed autista personale – nonché aiutante per le faccende extra lavorative – che lo aspettava con la porta della limousine aperta e che aveva notato lo stampo a forma di labbra che il rossetto aveva lasciato sulla sua guancia.

«Bah, ragazzine...» rispose, senza tanta voglia di parlare ed entrò in macchina.

Lucius emise una risata di scherno a voce bassa, che faceva trasparire il fatto di essere, più che un semplice maggiordomo, anche un amico. Chiuse la porta al Governatore, fece il giro dell'auto e si sedette al volante.

«Dove la porto?» Disse, dopo aver cancellato l'ilarità dal proprio volto.

«Andiamo a casa, ho bisogno di farmi una doccia e mangiare qualcosa.»

Michael non poteva fare a meno di pensare alle parole del suo vecchio amico Charles; e alla Bomba.

Anthony I

Il sole era alto in quella giornata di primavera del 1985 e il vento fluiva tra i capelli sventolanti di Anthony mentre guidava la sua Eldorado del '56', proprio una di quelle che si vedevano nei film anni 50; azzurra, con gli alettoni laterali sui parafanghi posteriori e le bande laterali color crema.

Era il trentesimo compleanno di Susan e nulla doveva andare storto.

Aveva messo il regalo nel baule dell'auto; un vestitino a tubo blue elettrico che l'avrebbe fatta impazzire. La torta la teneva sul sedile di fianco, per poterla trattenere nel caso avesse dovuto frenare bruscamente. Non voleva che, per la foga di tornare a casa prima possibile e guidando nel modo sportivo che lo caratterizzava, fosse arrivato a casa un frullato panna e fragole invece della bellissima torta, che aveva ordinato due mesi prima al negozio di Ned, giù all'angolo tra la Baker e la Rushmore.

Tutto stava andando alla perfezione, era anche in orario, lui che di solito era un ritardatario cronico ma chissà perché, Dio volle che la sua Grease Mobile (così la chiamava Susan), quel giorno lo abbandonasse all'improvviso.

In Nevada era primavera e non c'erano meno di trentadue gradi centigradi, temperatura più che accettabile se sei un motore, eppure il termostato della sua Cadillac sembrava un semaforo che non faceva altro che segnare rosso su tutte e tre le luci. Anthony si fermò immediatamente e dopo qualche secondo del vapore misto ad olio bruciato iniziò ad uscire dal cofano dell'auto.

«Ho fuso?! Cazzo, ho fuso! Merda!» Imprecò Anthony, lasciandosi andare sul sedile.

«E adesso cosa faccio?» Poi picchiò i pugni sul volante due volte.

In effetti si trovava in un bel guaio, la strada non era certo di quelle più battute, nessuna stazione di servizio per tutto il tragitto e nessuna casa tra Laughlin, che era ormai già a quaranta chilometri e la sua abitazione di Ragtown che era invece a ben ottanta chilometri.

Gli rimaneva una sola cosa da fare, così scese dall'auto. Era un uomo poderoso, alto e muscoloso, molto più di quanto si sarebbe potuto dire vedendolo seduto nella sua auto. La polo gialla che indossava era di taglia XL, ma su di lui sembrava una maglietta comprata al reparto ragazzi. I jeans gli stavano bene. Le scarpe invece doveva farsele realizzare su misura, visto che il quarantanove e mezzo era un numero difficile da trovare nella maggior parte dei negozi in zona.

Si diresse verso il baule, lo aprì e tirò fuori lo zaino che vi teneva dentro.

Si guardò attorno, prima destra, poi a sinistra, poi a destra di nuovo e poi ancora a sinistra: voleva essere sicuro che nessuno potesse vederlo, mentre si infilava il suo costume da Mindwarper. Non poteva certo tenerselo sotto i vestiti, quello lo fanno i supereroi nei fumetti. A dire il vero ci aveva provato una volta ma, aveva finito per passare più tempo a grattarsi che a combattere il crimine.

Già perché Anthony Lobber era un Alter, uno dei più potenti mai esistiti: aveva la capacità di manipolare la mente umana per far dimenticare alle persone qualsiasi cosa volesse. Era stupefacente come avesse deciso di mettere questo potere al servizio della Lega e non al servizio di sé stesso.

Sarebbe stato facile farsi un giro per il centro a fare shopping, tornare a casa con una decina di buste piene di abiti e scarpe d'alta moda e magari anche un bel cellulare.

Eppure Anthony scelse di fare del bene... Fortunatamente! I suoi genitori gli avevano insegnato chiaramente a distinguere il bene dal male quando ancora abitavano in Arizona, nel vecchio ranch del nonno.

Così aprì lo zaino, si spogliò ed incominciò ad infilarsi la tuta in spandex.

Finì di infilarsi i pantaloni, si aggiustò la maschera e subito vide una nube di polvere arrivare all'orizzonte.

Era difficile incontrare qualcuno così a sud su quella strada, come del resto su quasi tutte le strade del Nevada (ad eccetto, ovviamente, la I 15-S che porta diretta a Las Vegas), ma per la legge di Murphy oggi era il giorno dell'eccezione.

Dalle dimensioni della nube Anthony avrebbe detto che si trattava di un furgoncino, eppure sembrava troppo veloce per essere un mezzo terrestre.

Fece appena in tempo ad infilarsi il cappuccio che il mezzo lo raggiunse.

In effetti era un furgone, di quelli che i ragazzi usano per andare in giro in compagnia, dove ci caricano gli stereo e fanno casino, ma alla fine non fanno danni, almeno non più dei rapper che ascoltano a tutto volume alle orecchie.

Il mezzo inchiodò bloccando le gomme sull'asfalto coperto di sabbia, slittando così di un paio di metri in avanti.

Ai finestrini fecero capolino i volti di cinque ragazzi, sbigottiti ed allucinati, con gli sguardi increduli come se avessero davanti a loro Mr. Jackson diventato bianco.

«Ma è Mindwarper!» disse uno di loro. «Voglio una foto con lui!».

«Io l'autografo!» disse un altro.

Anthony li lasciò fare.

Gran parte della popolazione idolatrava gli Alter, ma il resto li temeva e cercava di evitarli. Questi ragazzi invece erano estasiati di trovarsi davanti un Alter e, fortunatamente per loro, uno dei più famosi. Mindwarper era ormai da cinque anni nella Lega e di missioni ne aveva affrontate tante.

La cosa non durò molto: un paio di foto con i ragazzi sulle spalle, due in volo e in altre pose plastiche.

Anthony poteva volare, era una cosa che anche lui non riusciva a spiegare, forse era legata ad un paradosso fisico che creava quando esortava sé stesso a "dimenticare di pesare" e rendeva inspiegabilmente il campo gravitazionale terrestre per lui meno forte.

Poi si rese conto che il tempo stava volando e che era già in ritardo, così congedò i ragazzi che se ne andarono nello stesso polverone dal quale erano arrivati, fece un fagotto con i vestiti civili e se lo mise sulle spalle, poi prese il regalo e la torta e si diresse in volo verso casa dove Susan lo stava aspettando.

Mindwarper però, non volava alla famosa velocità della luce, era sicuramente più veloce di una persona ben allenata che correva ma non di tanto, era di certo sempre meglio che camminare e soprattutto, si stancava meno.

Ottanta chilometri era la distanza da coprire, un uomo normale che non sia un atleta eccellente, corre sui dieci chilometri scarsi l'ora, lui ci avrebbe messo circa due, massimo tre ore per arrivare a casa e la cosa era accettabile visto che erano solamente le cinque del pomeriggio.

Poteva anche prendersela comoda, perché arrivato a

casa per le otto circa, sarebbe entrato dal retro in modo da poter nascondere il regalo e la torta per poi infilarsi di corsa sotto la doccia al piano di sopra; Susan non si sarebbe nemmeno accorta del suo ritorno e pertanto avrebbe potuto tornare così all'ingresso principale per farle una bella sorpresa.

Erano le sette e cinquantatré minuti quando il campanello suonò. Susan stava armeggiando tra pentole e padelle; il forno emanava folate d'aria bollente e profumo di pollo con patate arrosto. Si diresse verso la porta di casa togliendosi il grembiule ed appoggiandolo sullo schienale della prima sedia a portata di tiro.

Un rivolo di sudore le scese dolcemente sulla tempia: lo stare davanti ai fornelli per tutta la giornata mentre fuori, per di più, c'era anche il sole l'aveva fatta accaldare non poco. Se lo asciugò con il dorso della mano sinistra mentre, con la destra, apriva la porta ed iniziava già a sorridere al suo dolce Anthony.

«Caro, sei in ritardo oggi!» ma al posto del suo Amore si vide parare davanti quattro energumeni cadaverici, con la pelle totalmente bianca come se qualcuno avesse lavato via ogni possibile colore, braccia lunghe quasi a toccare terra, con la schiena ricurva che li faceva assomigliare a grossi scimmioni senza pelo. I capelli, anch'essi completamente bianchi, erano tirati indietro e non sembravano nemmeno appartenere a qualcosa di vivente. Avevano gli occhi grandi e scavati, come se le palpebre si fossero ritirate per lasciare spazio ai soli globi oculari, che erano fissi, vuoti e senza emozioni.

Bocche raggrinzite che mostravano denti stranamente perfetti, ben allineati ma aguzzi e non meno spaventosi del resto delle spettrali siluette che le stavano per entrare in casa.

Susan indietreggiò e non riuscì a credere di averlo fatto. Non riusciva a credere di aver trovato la forza di muovere anche solo una parte del suo corpo davanti a tale orrore.

Susan non possedeva poteri, aveva conosciuto Anthony mentre stava aiutando la sua coinquilina Lorna a traslocare: si stavano passando gli scatoloni da tutto il giorno, Lorna non si poteva permettere di pagare una compagnia di traslochi col modesto stipendio da cameriera che percepiva al bar in fondo alla strada, così le due avevano affittato un furgone per pochi spicci e si erano messe di buona lena a caricarlo di scatoloni fino al massimo della capienza. Già a metà pomeriggio la stanchezza iniziava a farsi sentire (le due andavano in palestra più per fare vita sociale che per usare gli attrezzi), Anthony passò volando su di loro per caso mentre tornava da una missione e, notando le due ragazze caricare un furgone, volle scendere a controllare. Rapito dalla bellezza di Susan si fermò per aiutare.

Susan non sembrava stupita o eccitata dalla presenza così ravvicinata di un Alter e così iniziò a raccontare ad Anthony del fatto che Lorna stava traslocando per trasferirsi a Dallas, dove aveva trovato un lavoro migliore, più vicino a casa di sua madre che era malata da tempo. Avrebbe così potuto assisterla almeno negli ultimi anni di vita. Anthony ascoltava interessato e, nel frattempo, dava una mano a caricare il furgone.

Terminato di stipare il furgone, i tre si salutarono e Lorna capì immediatamente che tra i due era scoccata la scintilla. Non che la cosa fosse importante, visto che Anthony, dopo essere venuto in contatto con un civile nei panni di Mindwarper, utilizzava sempre i suoi poteri per far dimenticare il suo volto e tutto quello che era necessario i civili non ricordassero. Quando vestiva il suo costume da Alter non indossava una maschera, non ne aveva bisogno grazie alla particolarità del suo potere di far dimenticare le cose.

In quella occasione decise di non usarlo su Susan (ma lo usò sulla sua amica), non voleva che la ragazza si dimenticasse del suo volto.

La sera seguente si presentò nuovamente sotto casa di Susan e la invitò ad uscire, i cuori fecero il loro corso e trasformarono l'attrazione in amore.

Susan entrò così nel mondo degli Alter. Durante le serate sul divano, Anthony gli raccontava delle sue missioni e degli Execraris che aveva combattuto. Un giorno gli raccontò di aver salvato assieme alla Lega una piccola comunità di Amish in Idaho. La comunità era stata invasa da una gang di Execraris che si faceva chiamare la Banda delle Lapidi.

Le disse anche che questa gang era una delle più pericolose della costa ovest: la loro particolare ferocia non dava molto scampo ai malcapitati che incrociavano la loro strada. Nessuno aveva mai potuto capire esattamente chi o cosa fossero. Erano capeggiati da una donna, che la banda chiamava semplicemente "Lei", capace di trasformare un essere umano in una specie di vampiro zombi, assetato di sangue ed incapace di resistere al suo volere. Un fitto alone di mistero avvolgeva questa figura. Nessun Alter era riuscito mai a catturarla, troppi erano i suoi sgherri, tutti pronti a sacrificarsi per far sì che Lei si potesse mettere in salvo nel momento del pericolo. Nemmeno Primus era mai riuscito a risalire a chi (o cosa) fosse quella donna. Era umana? Proveniva dall'aldilà? Aliena forse? Nessuno era in grado di rispondere ma, tutti sapevano che era imprevedibile e molto, molto pericolosa.

Ricordando questo, Susan capì subito chi avesse bussato alla sua porta.

Da dietro gli energumeni si mosse una figura diversa, slanciata e più alta, con i capelli lunghi e lucenti, invidiabili avrebbe pensato Susan in un'altra situazione. Le si fece davanti, silenziosa. Era una donna. Bellissima. Anche la sua pelle era bianca come quella dei suoi compagni, ma, al contrario dei quattro, il suo viso era quello di un angelo. Gli occhi neri come la pece. Era "Lei".

«Ah! Tu devi essere... Susan, dico bene?» Disse la donna.

«S-si» disse Susan con voce tremante «ma… voi chi siete? Cosa volete?»

Susan purtroppo sapeva benissimo chi fossero, terrorizzata indietreggiò ancora e quasi cadde quando inciampò nel tavolino che reggeva il telefono, facendolo traballare.

«Speravamo tanto di trovare tuo marito al posto tuo ma, evidentemente e purtroppo per te, non è ancora tornato a casa.»

«Anthony? Mah.. non saprei… deve essere uscito dall'ufficio un paio d'ore fa, credo... ma non è in casa ora.»

«Mindwarper… lavora?» disse quella specie di spettro.

«Come ha detto? Mind...» Susan era palesemente sconvolta: avevano scoperto l'identità' segreta di suo marito!

«Senti bellezza, sappiamo tutto del tuo caro maritino: chi è, cosa fa, dove va, quante volte piscia al giorno... Tutto.»

Lei si fece avanti e prese tra le sue mani il viso di Susan che non riuscì nemmeno a spostarsi di un millimetro. Aveva mani fredde, gelide, come quelle di un cadavere.

Avvicinò il suo viso a quello di Susan come per scrutare oltre, le girò la testa di lato, sfoderando una lingua che la signora Lobber poteva sentire umida e viscida sulla sua guancia.

«Ed ora tu lo chiami e lo fai venire qua davanti a noi se ci tieni alla tua bella pelle rosa» aggiunse.

«Ma io non so dov'é...» e c'era paura nella sua voce, paura vera perché Susan davvero non sapeva dove Anthony fosse e tremava al pensiero di rimanere con quelle cose (perché, secondo lei, persone non erano) anche solo per altri cinque minuti.

«Menti!» gridò la donna.

Con un gesto di stizza, alzò Susan da terra tenendola per la gola e la gettò verso la credenza in salotto, con tutta la forza che aveva.

Il corpo di Susan svolazzò via come una bambola e la credenza andò in mille pezzi, piatti compresi, poi ricadde sul tavolino di cristallo al centro della sala, sfondandolo.

Da terra poteva sentire solo due cose: i passi di quel demonio che venivano verso di lei e le sue ossa spezzate perforargli i polmoni.

Subito l'essere fu su di lei, la alzò prendendola nuovamente per la gola.

Susan era sempre stata molto bella e nemmeno i lividi che stavano apparendo sul suo viso ed il rivolo di sangue che usciva da un angolo della bocca potevano intaccare la sua bellezza.

«Tu potrai anche non sapere dove si trova tuo marito, tanto ormai, la punizione noi gliel'abbiamo già inferta. Non credo che sarai ancora viva quando Anthony Lobber tornerà alla sua dolce casina. Ma se lo sarai, digli che sappiamo tutto di lui e che ormai è finito. Lui sarà il primo della Lega a soccombere, poi toccherà agli altri. Piano piano. Lentamente.» Ed irruppe in una gelida risata.

Lei forse mentiva o forse no, ma a Susan non importava, sentiva che ormai la fine era vicina. Lacrime calde le solcavano le guance, e ricadevano sulle sue braccia senza che lei le sentisse.

Una costola, forse due o anche tre, avevano perforato il polmone sinistro, sentiva il dolore ed il respiro venirle meno mentre dal suo costato, ad ogni faticoso movimento dei polmoni, proveniva un rumore simile a quello di un palloncino che lentamente si sgonfiava.

Le facevano male le gambe, entrambe sopra alle ginocchia, non riusciva a capire perché e non riusciva a guardare verso il basso, altrimenti avrebbe capito che il motivo erano i suoi femori spezzati: spuntavano dalle cosce ed avevano lacerato i jeans.

L'occhio sinistro era livido ed il gonfiore le teneva chiusa la palpebra, quello destro era pieno di lacrime e venato di sangue.

Sentiva le forze venir meno, era stanca, così chiuse gli occhi e si lasciò andare a quella confortevole sensazione di torpore che la stava avviluppando.

Anthony II

La cosa sembrava alquanto strana, per quanto Anthony premesse il pulsante del campanello di casa, non riusciva a sentire quel melodico «din don daan» che lui odiava tremendamente ma che piaceva tanto a Susan. Così tanto che Anthony non aveva avuto il coraggio di sostituirlo, anche se sapeva che quel suono, prima o poi, lo avrebbe fatto impazzire del tutto.

Si era già rimesso gli abiti civili, cavò le chiavi di casa dalla tasca dei pantaloni e reggendo con una mano sola la torta che si era mantenuta perfettamente durante il volo, le infilò nella toppa pensando, già tutto incazzato, a come farsi ridare i venti dollari che il figlio della signora Mosley gli aveva scucito per aggiustare il campanello. Cavolo si era rotto solamente due settimane fa ed ora era di nuovo guasto!

Fece girare le chiavi nel nottolino molto energicamente sperando che così facendo Susan sentendo il baccano, fosse accorsa immediatamente. "Niente... Sarà sotto la doccia...", pensò Anthony.

Fece ruotare il pomello della porta e spinse per entrare ma la porta era stranamente più pesante del solito, anzi no, non più pesante, era come se fosse bloccata da qualcosa. Anthony era sempre più incazzato, all'indomani avrebbe chiamato, nuovamente, il figlio della signora Mosley e lo avrebbe con decisione invitato a sistemare la porta una volta per tutte. "Diamine avrebbe dovuto aggiustarla, non peggiorare le cose!"

Diede una forte spinta in avanti ma la porta rimase bloccata a metà, a questo punto assestò una bella spallata e la porta si aprì del tutto, scardinando i gangheri superiori.

Il terrore colse di sorpresa il volto di Anthony: gli occhi si sgranarono e il mento gli cadde mostrando la bocca aperta a cerchio; un leggero formicolio incominciò a percorrergli le guance, le orecchie e poi tutta la testa. Il cuore subì un colpo, di quelli che ti fan vedere le stelle e partire una fitta al cervello. Era disorientato e non riusciva a capire cosa ci facessero sul pavimento tutti i piatti che prima erano nella credenza; i mobili di vimini spezzati e schiacciati ma, soprattutto, non riusciva ad immaginare dove fosse Susan. Vide poi una ciocca di capelli sul tappeto che spuntava dal divano. Con il fiato grosso e la torta ormai spalmata sulla gamba del pantalone destro, si mise a correre verso il centro del soggiorno, dove una volta ricordava ci fosse un tavolino di vetro con le riviste appoggiate sul secondo ripiano ed i suoi piedi su quello superiore e dove ora invece giaceva la sua tenera Susan.

Il cuore iniziò a pompare sangue come mai aveva fatto nei trentadue anni precedenti. I pensieri si sovrapponevano: è morta, è viva, è svenuta, è morta. Sollevò il corpo cingendo con la mano destra il fianco e passandole la sinistra dietro al collo. La testa si ribaltò all'indietro come se fosse legata al collo solo con uno spago e pezzetti di vetro caddero dalla sua schiena.

Le ferite, tremende sul suo corpo, erano evidenti; il viso, seppur tumefatto, era splendido allo stesso modo in cui lo aveva lasciato quella mattina. Susan era così bella che nemmeno un occhio nero e gonfio potevano rovinare l'armonia dei suoi lineamenti.

Anthony sentì il sangue sulle mani, avvicinò l'orecchio al petto di Susan, il cuore non batteva più. Cercò di applicarle una respirazione bocca a bocca alternando un massaggio cardiaco ma, quando mise le mani sul petto, sentì le ossa rotte sotto i suoi palmi e capì che ormai non c'era più nulla da fare.

La abbracciò, poi la guardò per l'ultima volta dandole una carezza sul viso appoggiandola delicatamente a terra, fece una smorfia di dolore ed una lacrima solcò il suo viso.

Si chiese più volte il perché, alla fine capì il motivo per cui era stata uccisa e il suo volto si piegò distorcendosi fino a divenire la maschera di quello che poteva sembrare un essere umano.

Corse fuori dalla casa, passando per la porta scardinata da dove era entrato e saltando verso il cielo si mise in volo come un razzo in direzione del Palazzo della Lega. Non ci pensò nemmeno a mettere il costume, tanto ormai non aveva nemmeno più senso farlo; un'identità segreta serve se hai qualcuno o qualcosa da proteggere, qualcuno che può pagare al posto tuo la vendetta dei tuoi nemici ma, ormai, non c'era più niente da proteggere.

Volò come mai aveva fatto prima, raggiungendo i cinquanta chilometri l'ora e passando a volo rasente sopra la testa della gente stupita, che lo guardava come se fosse stato un Execraris di primo livello. Ci avrebbe messo qualche minuto ad arrivare. Aveva scelto quel paesino per vivere non solo perché era ben lontano dalla città ma anche perché era molto vicino al quartier generale della Lega. Così Susan sarebbe stata sempre vicina. Avrebbe potuto proteggerla in caso di necessità. Lei sapeva molto bene a cosa fosse andata in contro decidendo di sposarlo, ne era pienamente cosciente: una vita di ritardi, di pensieri, di apprensioni. Quello che Anthony non immaginava era, invece, che un giorno Susan sarebbe potuta diventare un bersaglio per gli Execraris. Adesso, per colpa di una sua leggerezza, Susan aveva perso la vita in maniera atroce. L'amore della sua vita era stato spezzato come un vecchio ramo secco ed i suoi resti spazzati via come foglie aride che cadono sui prati in autunno, devastato dalla sua stupidità. Lo sconforto lo assalì, subito dopo la rabbia prese il suo posto. Anthony aveva solo Susan, non c'era altro motivo di vita per lui. Doveva fare giustizia e, forse, un modo c'era. Giustizia e vendetta si fusero nei suoi pensieri e presero il sopravvento sul suo equilibrio.

Era ormai quasi arrivato a destinazione, iniziava già a vedersi il palazzo della Lega. Non era un edificio da cartoni animati, anzi... tutt'altro. Il quartier generale della Lega era una palazzina bassa ed anonima, squadrata e con le finestre dagli infissi in alluminio. Non aveva guglie o portoni d'ingresso enormi che farebbero sembrare nano anche un gigante. L'unica particolarità era un lucernaio piramidale che copriva il salone principale.

Anthony atterrò proprio lì, sfondando la vetrata con un boato e, tra lo scintillio di vetri frantumati che cadevano nella sua scia, atterrò nel mezzo della stanza.

La forza dell'impatto aveva divelto e spaccato le lastre di marmo che ricoprivano il pavimento. Si curò ben poco della grandine di micro-schegge di vetro antiproiettile che gli stavano cadendo addosso. Aveva solo una cosa in mente e la voleva. Adesso.

Subito accorsero Freccia e Charging Man (in realtà arrivò molto prima Freccia, ma questo era ovvio). Nel vedere Anthony usare i propri poteri senza costume rimasero di stucco, ancora più di stucco del fatto che fosse piombato nel salone sfondando il tetto del palazzo.

Si alzò dando loro le spalle, come se i due non fossero presenti nella stanza e si diresse verso i livelli interrati, dove la Lega aveva allestito delle celle di detenzione per i prigionieri non convenzionali, quelli non gestibili in un carcere normale.

Purtroppo, nessuna delle prigioni di stato degli Stati Uniti era in grado di trattenere dei prigionieri che potevano sfondare un muro con un solo pugno o, peggio, con il solo pensiero. La Lega aveva così creato tre livelli interrati adibendoli a prigione per sorvegliati speciali. Più si scendeva di livello, più erano pericolosi gli Execraris che vi dimoravano.

«Anthony... che diamine sta succedendo?» Chiese perplessa Freccia.

Non la degnò nemmeno di uno sguardo, continuando a camminare verso l'ascensore che dava ai livelli inferiori, lì avrebbe trovato la soluzione a tutti i suoi problemi.

«Signor Lobber, vuole dirci cosa sta accadendo?!» Esordì Charging Man uno degli ultimi acquisti della Lega, talmente giovane e ben educato da far sembrare Anthony un matusa, il giovane dava quasi l'impressione di essere un prete dal suo modo di fare!

Lobber che fino a pochi secondi prima non si era nemmeno accorto di non essere solo, non ci pensò due volte e non esitò un secondo ad utilizzare il suo potere per sfuggire alla presenza dei due leaguers. Bastò una sua sinapsi a far sì che i due si guardassero perplessi chiedendosi il motivo del lucernaio sfondato ed il pavimento distrutto.

Premette il tasto "-3" e scese con l'elevatore fino all'ultimo livello. Quando le porte si aprirono si trovò davanti un lungo corridoio, male illuminato. A destra e a sinistra solo porte, in spesso acciaio, l'ambiente era puzzolente, l'odore stantio della muffa perforava le sue narici.

Scalciò un paio di topi che cercavano di intrufolarsi nell'elevatore, forse anche loro stanchi di quell'ambiente malsano, poi iniziò il suo cammino verso il fondo del corridoio. Dopo alcuni passi si trovò d'innanzi a seicento chili di acciaio schermato dietro il quale si trovava l'unica persona che, ormai, potesse contare qualcosa per lui: l'Execraris che tutti chiamavano "il Meccanico".

Il Meccanico era un Execraris di tipo special, ovvero

aveva più di un potere: aveva l'abilità di manipolare gli oggetti unita alla padronanza dell'arte costruttiva oltre ad un'intelligenza superiore, era quindi un genio della meccanica in grado di costruire tutti i dispositivi che la sua mente era in grado di concepire e nel tempo ne aveva inventati di tutti i tipi: nano motori a combustione interna che sfruttavano le micro particelle di idrogeno sospese nell'aria per autoalimentarsi, un laser a luce verde fredda utilizzabile per operare sul corpo umano senza dover tagliare la pelle. Tutte invenzioni fantastiche! E quindi perché si trovava in una cella umida della prigione sotterranea della Lega? Beh, la sua capacità era stata messa spesso e senza rimorsi al servizio di gran parte delle varie guerre, dalla seconda guerra mondiale in poi, quando aveva creato tante (veramente tante) terribili armi.

Per questo era rinchiuso, per le armi. I suoi progetti non erano importanti, potevano anche finire in mano a qualsiasi nazione che disponesse di qualsiasi team di scienziati che, tanto, nessuno di loro sarebbe riuscito a realizzare il prodotto finito, solo il Meccanico era capace di comprendere i suoi piani di lavoro. Quindi doveva essere protetto da qualsiasi possibile rapimento (senza contare che era anche una delle menti più deboli e manipolabili del pianeta). Una sorveglianza a vista in una qualsiasi zona vivibile del mondo non sarebbe bastata a garantire dall'essere prelevato di forza da chiunque volesse i suoi servizi, Execraris o forza armata nazionale che fosse.

La lega sapeva che obbligare il Meccanico alla ritenzione era contro la legge, tuttavia il signor Presidente degli Stati Uniti in persona aveva avvallato l'operazione "a tutela della salvaguardia del mondo intero", aveva detto.

Anthony conosceva bene le capacità del Meccanico,

era stato lui a "convincerlo" a consegnarsi spontaneamente alla Lega, ed era proprio per quelle capacità che gli serviva quell'uomo: era l'unico in grado di realizzare ciò che gli serviva per avere vendetta.

Mindwarper appoggiò le mani sugli stipiti della porta e si concentrò, catalizzando tutta la sua forza in due soli punti. I muscoli si tesero ed i perni elettrosaldati dei cardini iniziarono a vibrare. Le vene sulle sue braccia parevano scoppiare, il sudore scendeva dalla sua fronte mentre stringeva così forte i denti da farli stridere.

Il risultato di questo immane sforzo fu una fragorosa esplosione. La porta della cella del Meccanico saltò via come se fosse stata colpita da un missile, dall'interno.

Mindwarper era un ESP di primo livello e, sempre utilizzando i suoi poteri sulla memoria, riusciva a generare una specie di campo di forza attorno al suo corpo utilizzando le sue capacità per fare dimenticare ai neutroni di non avere carica e trasformarli in protoni. I nuovi protoni quindi, reagendo con i protoni del suo fisico, creavano un flusso energetico contrario al suo corpo generando energia. Ciò lo rendeva dieci volte più forte di un uomo normale, senza contare tutta l'adrenalina che ora aveva addosso.

Molto probabilmente il suo livello ESP era anche superiore al primo, Anthony non si era mai spinto al limite. Non ne aveva mai avuto bisogno fino ad oggi ma, a pensarci bene, il suo unico limite era la sua immaginazione.

Nel buio della piccola stanza senza finestre, Anthony quasi non riusciva a vedere il prigioniero della cella.

Dopo pochi secondi, quando gli occhi si abituarono finalmente al buio di quel loculo, Mindwarper riuscì finalmente a vedere la figura di Mattew Boranson, così era registrato all'anagrafe il Meccanico. Altro non era che un vecchietto, alto non più di un metro e mezzo, con le mani grandi e rugose, le gambe storte ed ormai acciaccate dall'artrosi. Sul suo viso grezzo si leggeva tutta la sofferenza di un corpo ormai provato, anche i capelli bianchi, ma di una lucentezza incredibile, che cadevano ai lati di una testa grossa e tonda, sembravano avere perso la voglia di rimanere con quell'uomo.

Sebbene Anthony stesse guardando un ometto minuto ed ormai compassato, rimase come paralizzato quando lo guardò negli occhi: erano neri e penetranti, fissi su di lui, sul suo viso, non si muovevano ad analizzare vie d'uscita o il corpo dell'omone che aveva scardinato la porta d'acciaio spessa quindici centimetri della sua cella e nemmeno mostravano timore. Gli occhi erano fissi sul suo volto, come ad investigare, come a cercare di capire cosa ci fosse dentro di lui.

Presto quello sguardo scomparve, lasciando spazio ad un piccolo ometto indifeso.

Mindwarper entrò di prepotenza nella cella, senza proferire parola. Raccolse il Meccanico e, caricatoselo in spalla, si diresse verso il buco che era rimasto nel muro al posto della porta.

Freccia e Charging Man, che erano riusciti nel frattempo a riprendersi, stavano sulla soglia della cella - anche se Mindwarper aveva la capacità di far dimenticare le cose, i sensori del palazzo funzionavano benissimo!

«Signor Anthony, costa sta facendo?» Esordì Charging Man con tono amichevole.

«Toglietevi di mezzo!» urlò lui sbavando come un cane rabbioso.

«Anthony, ragiona. Cosa vuoi fare a quell'uomo?» disse Freccia.

«Niente, ma... mi serve. Qualcuno deve pagare per quello che mi hanno fatto!»

Aveva gli occhi iniettati di sangue e le pupille dilatate. C'era odio nel suo sguardo e cattiveria nei suoi movimenti, come nessuno aveva mai visto in Anthony.

Freccia, in realtà, sapeva benissimo cosa fosse accaduto. Essere in un gruppo anti-crimine comporta anche dover stare al passo con le notizie, per carpire più informazioni possibili su eventuali reati. Non le avevano addossato quel soprannome solo perché era la donna con la corsa più veloce al mondo, era anche la più veloce in tutto il resto, tra cui leggere. La supervisione dei rotocalchi era quindi stata affidata a lei (impiegava 2 minuti a leggere un quotidiano che la gente comune legge in 4 ore) e la notizia della scoperta dell'identità segreta di Mindwarper, seppure fresca, era talmente di così alto clamore che non poteva non diffondersi alla velocità della luce.

Il New York Globe riportava sulla prima pagina dell'edizione straordinaria delle diciotto, una foto di Mindwarper con dei ragazzini ed un'auto di cui si leggeva bene, troppo bene, la targa e la dicitura in basso a sinistra, in una specie di esplosione, diceva "All'interno svelata l'identità segreta del noto eroe".

Era chiaro: i ragazzini che Anthony aveva incontrato sull'interstatale non si erano fatti scrupoli a vendere una fotografia così golosa ai media.

Per il NY Globe poi era stato facile risalire al proprietario di quella targa per poi sbattere, senza alcuno scrupolo, nome e cognome di un vigilante in prima pagina. Notizia succulenta! Vendite a go go!

Peccato che questo aveva scatenato il tam tam delle notizie anche tra gli Execraris, culminando con la visita a Susan da parte della Banda delle Lapidi.

Chissà poi quanto avranno pagato quella foto... mille? Diecimila? Centomila dollari?!? Valeva così poco la vita della sua adorata Susan? No, ovviamente no. Il valore del suo amore era inestimabile, per questo avrebbero dovuto pagare in tanti.

«Anthony, ragiona» disse Freccia cercando di avvicinarsi all'amico ma già sapendo che sarebbe stato impossibile farlo ragionare. Chi, d'altronde, avrebbe ragionato in una situazione del genere?

«Ferma dove sei, non provate a mettermi alla prova» disse Anthony. «Sei veloce, certo, ma lo sei anche più del pensiero? Non voglio usare ancora i miei poteri su di voi, ma se mi costringerete a farlo non avrò altra scelta... »

Nel tempo che Anthony ci mise per battere le palpebre Freccia gli fu alle spalle, mentre Charging Man stava caricando il suo corpo come una batteria umana, con l'intenzione poi di schiantare con estrema potenza la porta scardinata, che nel frattempo aveva raccolto, su Mindwarper per stordirlo.

Tutto si svolse in pochi istanti, ma non furono abbastanza da evitare ad Anthony di usare i propri poteri.

Freccia e Charging Man si ritrovarono così a guardarsi l'un l'altra, stupefatti, a chiedersi cosa ci facessero l'uno con la porta della cella in mano e l'altra dentro a quella cella vuota.

A quel punto Anthony sapeva di avere solo due possibilità: fare tutto il più in fretta possibile, o attendere il momento migliore. Tutti ormai sapevano chi era e la Lega era sulle sue tracce per cercare di recuperare sia lui che il Meccanico, mentre l'esercito si sarebbe preparato a tutto, vista la situazione.

Quello che Anthony aveva in mente non era certo una bazzecola, ma era molto determinato e avrebbe rischiato il tutto per tutto pur di poter avere la sua vendetta.

Sebbene la voglia di riscatto verso quel mondo che odiava fosse tanta, aspettò, si ritirò in un posto dove nessuno potesse trovarlo e mise all'opera la mente del Meccanico.

Villa Hart

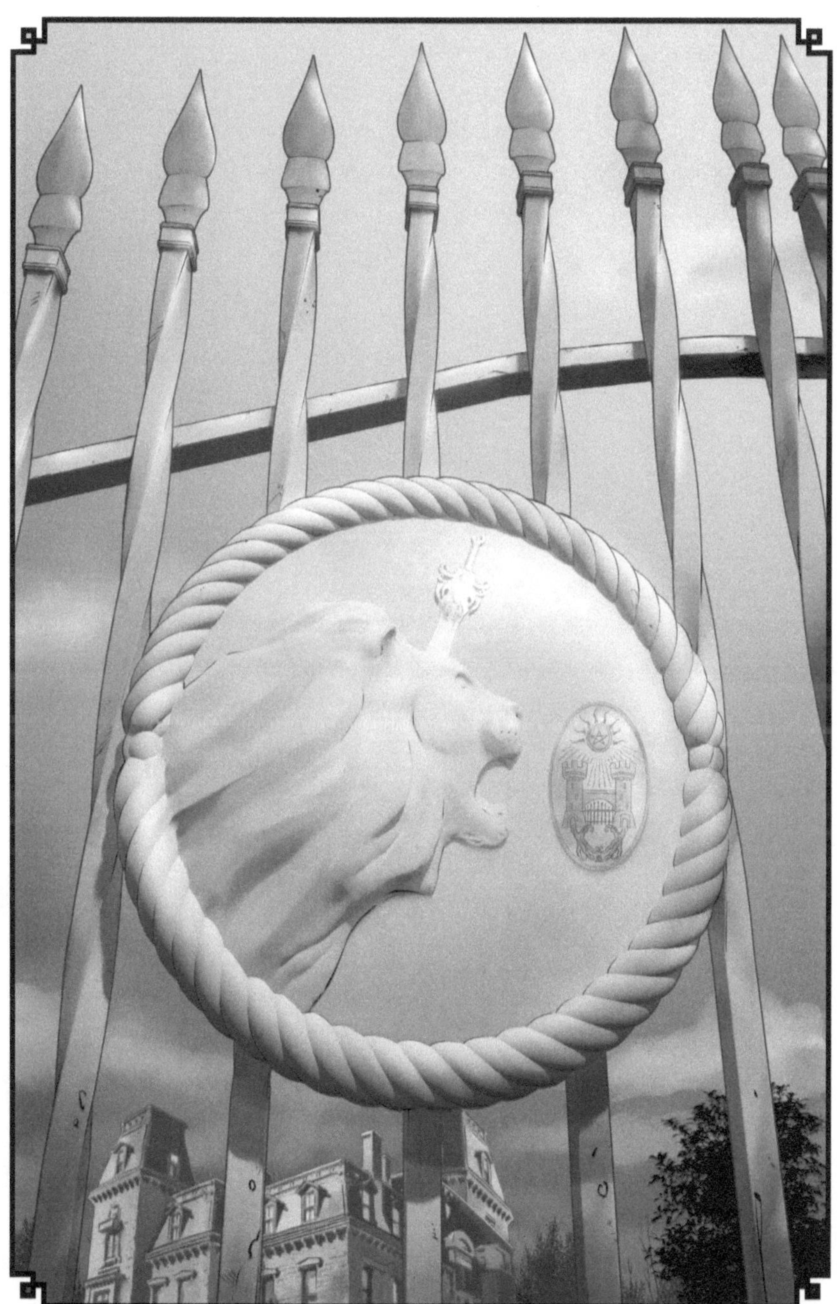

Non era stato difficile arrivare alla villa, era bastato seguire le indicazioni che il suo capo gli aveva dato. Appostato ad aspettare tra la boscaglia verde e fitta, con i rovi che gli graffiano le gambe nude e fredde, sarebbe stato capace di aspettare il momento giusto per ore, forse anche giorni, ma non gli importava: voleva dimostrare di essere un ottimo servitore e nulla l'avrebbe fermato.

Il puntino rosso che lampeggiava sullo schermo di quello strano aggeggio che teneva al collo, finalmente si fece sempre più vicino al centro del display, a dimostrazione che il padrone di casa stava ormai per arrivare.

Dalla sua posizione riusciva a vedere il cancello d'entrata della villa, alto almeno tre metri e tutto in ferro battuto. Guglie appuntite come lance lo facevano assomigliare alla bocca di uno squalo e nel centro, uno stemma raffigurante una testa di leone trafitta da una spada poggiava su uno scudo di chiaro taglio medioevale. Era quella la prima opzione per entrare alla villa, ed era anche l'unico varco da cui il padrone di casa poteva entrare, ed a lui serviva che fosse in casa.

Dopo alcuni minuti, una lunga Cadillac nera si fermò davanti l'ingresso della villa.

Seduto sui sedili posteriori, in un abito elegante e ben composto, c'era un uomo, lo stesso che gli aveva mostrato in foto il suo capo poche ore prima.

L'autista abbassò il finestrino, inserì un oggetto simile ad una carta di credito nella colonnina a fianco del cancello, digitò qualcosa su una specie di tastiera numerica e si mise in attesa, poi il cancello si aprì e la vettura entrò facendo scricchiolare la ghiaia sotto le ruote. Dopo pochi secondi l'auto era entrata ormai del tutto ed il cancello si stava per richiudere.

Sapendo di non avere altra chance, si lanciò verso l'apertura cercando di non essere visto, non poteva certo rovinare tutto proprio ora che era vicino al primo traguardo della sua missione.

L'auto era lenta e quasi si fermò a metà del vialetto che portava alla villa; aveva paura di non riuscire ad entrare senza essere visto.

I battenti erano veloci, l'auto troppo lenta, lui ancora troppo lontano. Ormai sembrava tutto perso, c'era solo uno spiraglio per passare ma l'auto era ancora visibile sul vialetto. Lui vedeva l'auto, chi era nell'auto avrebbe sicuramente visto lui.

Tentò il tutto per tutto: spiccò un salto verso il cancello ed atterrò sulle ginocchia, ignaro del dolore che i ciottoli gli producevano alle rotule nude. La velocità del cancello era diminuita ma con essa anche lo spazio per entrare.

La Cadillac era ormai scomparsa dal vialetto ed i battenti stavano stridendo l'uno contro l'altro, definendo la chiusura totale del cancello.

Con le ginocchia grigie dalla polvere e spellate dai sassi, l'omuncolo rimase lì con lo sguardo attonito rivolto all'inferriata d'acciaio, consapevole di non poter più entrare da quella via.

Un rumore, come di un giocattolo a batteria, lo fece riprendere da quello stato semi-catatonico e gli fece puntare lo sguardo da dove proveniva, in alto verso la propria sinistra.

Una telecamera stava ruotando e cambiando posizione indirizzandosi verso di lui.

Fece un salto verso il lato del battente su cui era installata la telecamera, che dava su una serie di rigogliosi cespugli, giudicandoli perfetti a nascondere la sua minuta sagoma.

Era sotto la telecamera, l'angolo della visuale lì non lo avrebbe mai raggiunto, il pericolo era scampato ma, rimaneva sempre un problema: doveva portare a termine la sua missione. Non poteva fallire, tuttavia doveva scartare l'opzione che all'inizio gli sembrava la più semplice e tornare alla vecchia idea di dover scavalcare quel recinto.

Prese quindi coraggio e iniziò a muoversi lungo il perimetro che delimitava la villa, spostandosi lentamente, cercando di non fare troppo rumore o di attivare possibili allarmi. Quando arrivò sul retro, si fermò di scatto nel sentire un fruscio proveniente dalla sua destra, a lato della recinzione. Le foglie sventolavano su e giù e poi a destra ed a sinistra sempre più intensamente, mentre lui fermo e chino cercava di nascondersi il più possibile tra gli arbusti, ad un tratto il cespuglio smise di muoversi e lui riprese il suo cammino.

Fece un primo passo, era già quasi davanti alla parte di foglie che si erano mosse prima, ne fece un secondo e non riuscì a far toccare terra al suo piede che dal cespuglio uscì un ratto grande almeno quanto un gatto.

Dallo spavento e dalla paura di schiacciare "quella-cosa-che-era-uscita-dal-cespuglio" perse l'equilibrio e cadde a terra, in avanti ma riuscendo, tuttavia facilmente, ad evitare di farsi male, proteggendosi con le mani dalla caduta.

Era a terra, sporco ed arrabbiato con quel topogatto che stava per rovinare la sua missione. Girando la testa verso la villa i suoi occhi videro qualcosa che disegnò un sorriso sul suo volto: l'animale era uscito da un buco nel muro e... che buco! Aveva trovato il suo pass per entrare e tutto per merito di quel grosso topo di fogna (o era un gatto?). Si ripromise di ringraziarlo prima o poi un giorno, in un modo o in un altro, ma ora la priorità era entrare nella villa.

Già carponi, non fece altro che ruotare sulla pancia, indirizzando la testa verso il buco, spingendosi con le mani e piedi contro la terra per entrare.

Sbucò prima con la sola testa e si fermò ad analizzare la situazione. L'interno delle mura, da quel lato, era un giardino immenso e verde. Erano scomparsi gli arbusti ed il terriccio, al loro posto si stendeva un manto verde tagliato all'inglese così diritto che si poteva giocarci sopra una partita a biliardo. A destra e a sinistra si ergevano al cielo alcuni pioppi, sparpagliati lungo il perimetro della tenuta ed a circa trecento metri emergeva imponente la villa.

Uscì completamente da quel buco e si tirò in piedi, poi si mise quindi a correre verso una porticina che sicuramente era l'ingresso sul retro, arrivando quasi a sbatterci contro la faccia, dalla foga con cui aveva corso per la paura di venire scoperto.

La porta era aperta, ma preferiva entrare da una finestra, magari direttamente nella stanza da cui avrebbe cercato di recuperare quell'oggetto che il suo padrone gli aveva chiesto.

Fece velocemente il giro del perimetro della villa e si fermò soltanto quando fu sotto la finestra di un locale dal quale provenivano delle voci.

«Latte o limone nel the, Signore?» stava dicendo una di queste.

La stanza era maestosamente grande ed aveva un soffitto molto alto con bassorilievi intagliati nel legno a coprire il plafone, a destra la camera era praticamente vuota, c'era solo un quadro di dimensioni da Louvre, raffigurante un uomo dai lunghi capelli neri ed il pizzo in stile ottocentesco seduto su una, all'apparenza comoda, poltrona rivestita di velluto blu, che si stagliava su tutta la parete.

Opposta alla finestra c'era una porta a vetri, intelaiata in un legno molto leggero che sembrava quasi impoverire quell'ambiente sontuoso.

A sinistra una poltrona, esatta copia di quella del ritratto, posta davanti un tavolino con riviste e quotidiani e poi un camino crepitante.

L'uomo seduto sulla poltrona aveva indosso una vestaglia di raso ed al collo una sciarpa di seta bianca, le gambe accavallate in maniera molto composta ed ai piedi portava delle ciabatte da camera che lasciavano intravedere una parte di caviglia, la cui pelle sembrava molto curata.

Si sporse un po' più all'interno dalla finestra per osservare quell'uomo, poi guardò di nuovo il quadro alla sua destra, e poi di nuovo l'uomo. Il viso era torvo, appoggiato sulle dita della mano che l'uomo aveva portato alla tempia e dipinto in una smorfia, dovuta sicuramente a dei pensieri troppo impegnativi per quell'ora serale. Convenne che non fosse la stessa persona del quadro.

«Vedo che questa sera è più turbato del solito, Signore», disse il fedele servo, rompendo un silenzio di cristallo.

«Scusami Lucius, ma non riesco a togliermi dalla testa l'incontro di oggi.»

«Se mi permette Signore, avrebbe potuto anche invitare a cena quella – sicuramente prorompente – donna.»

«No Lucius, non sto parlando di quella ragazza. Oggi ho incontrato Charles...»

«Ah! Le ha chiesto forse una goliardica rimpatriata?»

«No, No. Voleva parlami di altro, ma il problema non è questo.»

«E qual è, Signore? Se mi è lecita la domanda?»

«Mi ha ricordato della bomba...»

Lucius si irrigidì ma la sua voce non lo diede a vedere.

«Governatore, non può rimproverarsi nulla di quello che è successo...»

«Non lo so. E' come se dentro di me so di non aver fatto tutto quello che avrei dovuto per salvare Anthony, sua moglie e tutte le persone poi coinvolte.»

Le due voci sembravano il rovescio della stessa medaglia. Lucius pacato e quieto - forse anche per tranquillizzare l'animo del padrone – mentre il Governatore, contrito e greve, mostrava tutta la sua apprensione.

«Non ha alcun ché di cui rimproverarsi, Signore. Ha sempre fatto del suo meglio.»

«Vorrei tanto tu avessi ragione Lucius, lo vorrei tanto. Ma a volte il meglio non basta...»

La sagoma sotto la finestra aveva sentito abbastanza, quelle chiacchere non gli interessavano, così si diresse verso l'altro lato della casa dove, per sua logica, sarebbe stato lontano dai due uomini quanto basta da poter entrare senza essere notato.

Ci mise un minuto a giungere dalla parte opposta - la casa era dannatamente grande!

La finestra sotto cui si trovava ora, era aperta. Diede uno sguardo all'interno e, non vedendo nessuno, con un leggero colpo di reni entrò e si accovacciò dietro un mobiletto bianco rivestito con un pianale di marmo.

Stava per muoversi verso la porta della stanza, quando sentì dei passi venire nella sua direzione. Accovacciato dietro al mobiletto riusciva a vedere due scarpe nere e lucide da cui partiva un pantalone nero e ben stirato, con la riga in mezzo, ma che – stranamente – andavano a nascondersi dietro una specie di gonna bianca che arrivava ben sotto le ginocchia. Poi si rese conto del profumo di brodo di pollo che gli sfiorava il naso e del vapore che gironzolava allegramente tra le quattro mura. Realizzò di essere finito nella cucina e, sicuramente, quelle due gambe appartenevano al servo, intento a cucinare per il proprio padrone.

Doveva arrivare ai piani alti, sicuramente era lì che tenevano la cassaforte. Il suo padrone gli aveva ordinato di appropriarsi di tutta la documentazione possibile, tra quella che avrebbe trovato in casa. Sicuramente quella più importante era stata messa al sicuro quindi, doveva trovate quella maledetta cassaforte.

Cercando di non essere visto, si mise a strisciare a pancia in sotto, verso la porta, fermandosi ogni qualvolta le due gambe si muovessero.

Quando ebbe quasi raggiunto la soglia, si aggrappò alla gamba di un tavolino in noce che stava vicino alla porta senza accorgersi che si trattava di un carrello portavivande.

Sollecitate, le ruote del carrello fecero girare il perno secco nei cuscinetti, ormai abbandonati da tempo dall'olio, producendo uno stridio che gelò il sangue nell'intruso immobilizzandolo istantaneamente.

All'udire quel rumore Lucius si girò con aria sorpresa a scrutare quel carrellino che pareva si fosse mosso da solo, poi strabuzzò gli occhi quando, guardando più attentamente, vide un braccio di colore verde, attaccato alla gamba del portavivande.

Piegò la testa verso sinistra con aria stupita e cauta allo stesso tempo, cercando di capire di chi (o cosa) fosse quel braccio.

Sia lui che il braccio rimasero immobili per almeno

due secondi, poi il servitore avviò la sua camminata verso il tavolino.

Non appena gli fu sopra, l'omuncolo sdraiato a terra si alzò di scatto, scaraventando addosso a Lucius il carrello e facendo cadere a terra, tra infiniti tintinnii, i piatti e le posate che vi erano sopra. Il maggiordomo era caduto di schiena ed aveva battuto leggermente il capo a terra, giusto quanto bastava per intontirlo qualche secondo. L'omuncolo verde aveva guadagnato giusto il tempo per munirsi di un bel coltello da cucina da venti centimetri.

«Non credo che avrai il tempo di usarlo, giovanotto» esordì Lucius, ma il suo contendente non sembrò udire tali parole.

Il servitore si girò di scatto e sfoderò dal ceppo la mazzetta, il classico coltellaccio da carne grosso e piatto, lo fece roteare tra pollice e palmo della mano in un gesto per nulla casuale e lo puntò diritto al volto dell'intruso.

«Non avevo previsto cosce di rane per cena, oggi.» Lucius aveva riconosciuto Toadeus, il braccio destro (ed evidentemente stupido) di Icyman.

La bestia gli si avventò contro, con la bava alla bocca ed urlando rabbioso.

Il primo colpo fu facile da schivare, era dato da tutto lo slancio della paura e dalla forza colma di adrenalina dell'intruso e quindi molto impreciso e tutt'altro che inatteso. Il secondo fu più mirato: con un guizzo improvviso era riuscito a sferrare un colpo dal basso verso l'alto, mirando all'ascella di Lucius che parò il colpo con la sua mazzetta facendo saltare via di mano il coltello al suo avversario.

Toadeus rimase sbigottito per qualche secondo, poi spiccò un salto verso Lucius colpendolo con i suoi enormi piedi nudi sul petto ed atterrando poi sulle braccia del servo, immobilizzandolo a terra. Lucius era bloccato, con un rospo di sessanta chili sullo stomaco, e forse anche spacciato.

Toadeus mise una mano dietro la schiena e quando la riportò davanti impugnava un altro coltello simile a quello che aveva perso poco prima nella colluttazione. Lo alzò e lo scagliò verso il collo del gentleman con tutta la forza che aveva.

Lucius, con gli occhi chiusi, sentì il rumore sordo della lama che colpiva il pavimento alle sue spalle, ma non sentiva sangue sgorgare o la gola bruciare.

Qualche secondo dopo, quando riaprì gli occhi, l'intruso era ancora lì sopra di lui, ma si dimenava a più non posso contorcendosi ed annaspando nel dolore: la sua schiena emanava vapore. Fece un urlo misto di rabbia e sofferenza e con un balzo inumano saltò direttamente fuori dalla finestra scomparendo.

Quella specie di uomo rana, nella sua stupidità, aveva agganciato con la mano, per errore, la pentola del brodo di pollo bollente, versandosela completamente sulla schiena mentre cercava di colpire Lucius alla gola.

«Lucius, insomma è pronta questa cena o no?» Lo esortò il governatore Hart (che non si era accorto di nulla) entrando in cucina ma, non appena vide che il suo servitore ed amico giaceva a terra, subito si preoccupò e si chinò sull'uomo.

«Lucius, cosa ti è successo? E questi coltelli...»

«Oh padron Michael, non si preoccupi sto bene. Sono solo scivolato su una rana bagnata» scosse il capo ridendo, poi continuò «Dobbiamo solo far controllare l'allarme perimetrale della villa. Toadeus è stato qui.»

«Toadeus» ripeté stupito il Governatore.

«Cosa mai poteva volere quello stupido galoppino?»

«Mah! Non so signore, forse voleva solo assaggiare il brodo di pollo e, una volta sentito che era troppo buono, non ne ha voluto lasciare nemmeno un po' per noi» disse Lucius indicando il pavimento bagnato.

Michael non riuscì a trattenere una fragorosa risata, poi subito si fece serio «Comunque qualcosa non mi è chiaro. Cosa ci faceva il braccio destro di Icyman in casa nostra e soprattutto: c'è capitato per caso o cercava qualcosa in particolare?»

«Non saprei signore, ma forse è meglio se si va a preparare per uscire a mangiare questa sera, il brodo per i ravioli è tutto sul pavimento».

«Va bene, Lucius. Pulisci questo casino per favore e prepara la Limousine, andiamo al Tavern.»

Michael si voltò e si diresse verso le sue camere. I suoi pensieri erano rivolti, ancora una volta, alla bomba. Ed alle disastrose conseguenze che aveva portato.

Anthony III

Quella grotta sperduta in Canada non era certo il posto migliore dove il Meccanico potesse lavorare ma, era uno dei pochi posti dove Mindwarper era sicuro di non venire rintracciato. A pensarci bene fu una vera fortuna averla avvistata mentre volava in direzione Nord. Andare a prelevare il Meccanico fu il primo pensiero che istintivamente gli venne in mente dopo aver abbandonato Susan a casa, tuttavia aveva tralasciato tutte le altre parti. Fu la sorte quindi a fargli trovare quella grotta, avrebbe rischiato di girovagare per il Canada con un omuncolo sottobraccio per ore senza sapere dove andare. Si rese conto che d'ora in poi doveva pianificare meglio le cose e contenere la rabbia, avrebbe avuto modo poi di lasciarla sfogare.

Il tempo passò quasi impercettibilmente, i due erano lì da un paio di mesi ormai ed il Meccanico aveva quasi completato la sua ultima creazione.

Anthony era andato avanti ed indietro dal bosco tutti i giorni per portare acqua fresca e selvaggina quotidianamente. Aveva scoperto che il suo potere funzionava anche con gli animali, era tramite quello che riusciva a catturare cervi e cinghiali con estrema facilità.

Il meccanismo che il Meccanico stava realizzando, in realtà era già stato da lui costruito in passato ma, come al solito, mancava di quegli elementi difficilmente reperibili su due piedi che caratterizzavano le sue creazioni: talvolta erano leghe speciali d'acciaio, talvolta erano quintali e quintali di legname, e via dicendo.

Questa era la pecca delle sue capacità di costruttore: necessitava sempre di un elemento costoso, raro, introvabile o in quantità eccessivamente grandi.

In questo caso, per il progetto che Anthony aveva chiesto, si trattava di oro bianco. Certo non era un materiale veramente introvabile ma, ad ogni modo, non alla portata di un vecchio inventore rachitico e squattrinato.

Anthony ne aveva in quantità invece, e volendo ne avrebbe potuto avere quanto voleva se avesse scelto di abbracciare la criminalità piuttosto di combatterla. L'oro disponibile invece arrivava da tutti quei gioielli che aveva regalato nel tempo alla sua amata Susan e che ora non servivano più. Ora potevano essere usati come elemento di vendetta. Era quasi contento che fossero degli oggetti appartenuti a sua moglie a far sì che la sua rivalsa vedesse la luce.

«Domani sarà il giorno». La voce stridula del Meccanico ruppe un silenzio che durava dall'inizio della loro convivenza. I due si erano parlati solo una volta, o meglio, a parlare era stato solo Anthony, quando fece la propria richiesta. La risposta del Meccanico arrivò dopo un mese con la richiesta dell'oro, poi silenzio come sempre.

In quei lunghi periodi di apparente calma, il Meccanico lavorava mentre Anthony non faceva che pensare a Susan. In tutto quel tempo aveva percorso mentalmente la vita assieme a sua moglie: fin dal primo giorno che la vide, in strada mentre aiutava l'amica a traslocare, capì che Susan non era una donna come le altre, c'era qualcosa in lei che aveva scavato nel suo profondo, qualcosa che lo aveva convinto immediatamente a pensare che lei potesse essere la donna della sua vita e gli eventi che seguirono non fecero altro che rafforzare questa convinzione. Susan ed Anthony vivevano una vita tranquilla dal punto di vista amoroso, movimentata dal punto di vista delle esperienze e, cosa più importante (almeno per Anthony), normale. Temeva che essere un Alter potesse in qualche modo gravare sulla loro unione, come il peso di un macigno da portare costantemente sul cuore.

Invece Susan non considerava il fatto di stare con un Alter come un ostacolo, per lei Anthony era solo l'uomo della sua vita, dolce e gentile, capace di farla ridere e di farla anche incazzare ma che, alla fine, era la persona che più la capiva, che sapeva come prenderla quando le cose non andavano per il verso giusto e che la amava più di chiunque altro avesse mai potuto fare.

Susan ora non c'era più e lui ed il Meccanico vivevano ormai quasi in simbiosi, senza richieste esplicite e senza necessità aggiunte: Anthony procurava cibo ed acqua, il Meccanico lavorava alla sua invenzione. Anthony pensava fosse uno scambio poco equo, ma utile a perseguire il suo scopo.

Per il Meccanico essere chiuso in una cella della prigione della Lega o recluso in quella grotta sperduta tra i boschi canadesi non faceva alcuna differenza, forse Anthony era più magnanimo sul cibo. Ad essere sinceri, poi, non gli interessava così tanto, non avendo né famiglia né casa per lui un posto era come un altro ma, la possibilità di realizzare le sue invenzioni, era la sola cosa che lo teneva ancora in vita.

La cosa impressionante del potere del Meccanico era che non gli servivano attrezzi, nessun tipo di attrezzo. Piegava, avvitava, saldava e dava forma ai suoi lavori con l'uso delle sole mani. Era sbalorditivo!

Durante il suo soggiorno come ospite forzato nel palazzo della Lega, non aveva avuto per nulla modo di esprimere il suo genio. I membri del team non lo lasciavano fare, pur sapendo che le sue invenzioni non avrebbero creato problemi viste le assurde necessità per realizzarle e l'impossibilità di trovare i materiali necessari. Le richieste erano irrazionali: diamanti, plutonio, papiro egiziano del 3000 A.C. ma la sua anima non voleva mollare quel corpo, almeno fino a quando non avesse avuto la possibilità di realizzare ancora un'invenzione che funzionasse davvero. Così rimaneva chiuso nella sua cella, a contemplare la luce artificiale proveniente della finestra olografica installata sul soffitto della stanza, in attesa del giorno in cui avrebbe potuto nuovamente realizzare almeno un ultimo oggetto.

Si sa, il tempo passa per tutti, ed il Meccanico comunque stava morendo dentro. Anthony lo vedeva. Vedeva le sue rughe farsi più cupe ogni giorno che passava. Vedeva la luce dei suoi occhi affievolirsi man mano che la costruzione del marchingegno progrediva, come se la sua linfa vitale stesse passando alla sua invenzione.

«Mr. Lobber?» disse il Meccanico rompendo quel silenzio che durava ormai da giorni.

Anthony, che era seduto davanti all'entrata della caverna con le gambe ciondolanti nel vuoto a guardare le verdi distese di conifere tipiche del Canada, voltò solamente la testa verso di lui.

Solo due parole uscirono dalla bocca del suo forzato compagno: «E' finito.»

Gli occhi del meccanico si chiusero ed una lacrima solcò quelle rughe aride, sulle sue labbra si disegnò un sorriso che sembrava non appartenere a quel volto, era un sorriso infantile, tipico del bambino che a Natale scarta il pacco dono e trova proprio quello che aveva chiesto nella lettera a Babbo Natale, era un sorriso di gioia ed al contempo di liberazione. Le sue guance ora erano completamente bagnate dal rivolo di lacrime che si era fatto strada tra le rughe, come a voler irrigare quella pelle aspra e secca, come a voler far tornare a quel viso vecchio e scuro un vigore ormai passato da anni.

Il Meccanico piegò la testa all'indietro tenendo gli occhi chiusi, come se stesse assaporando il vento, annusando l'aria profumata dei fiori di campo in primavera.

Poi ad un tratto la testa si ripiegò in avanti, dondolante, ed il suo corpo cadde di lato immediatamente dopo.

L'aver creato un'invenzione perfetta, lui lo sapeva senza nemmeno provarla, aveva liberato il Meccanico dalla sua prigione di carne ed ossa e lo aveva indirizzato verso quello che, da vivo, sperava fosse il paradiso: il suo Nirvana; il suo Valhalla.

Anthony non batté ciglio, anche se non fu del tutto indifferente alla morte del suo forzato compagno. Nessuno conosceva la storia del Meccanico: non aveva famiglia, non aveva genitori, non si sapeva di che nazione fosse e nemmeno quanti anni avesse. Aveva un nome, benché non avesse documenti con sé e le sue impronte digitali non erano registrare da nessuna parte, se non nei sistemi della Lega.

Anthony provò compassione ma al contempo capiva che il Meccanico si era liberato finalmente del suo fardello e poteva volgere dove sperava si fosse concluso il suo viaggio. Si piegò su di lui, lo fissò per un istante e poi gli mise una mano su una spalla, come a ringraziarlo del lavoro svolto, raccolse l'oggetto che il Meccanico aveva realizzato per lui e si diresse in volo verso sud.

Al Tavern I

Quella sera il Tavern era più affollato del solito.

Sul palchetto dove solitamente si esibiva un'orchestrina jazz, com'era di rigore nei locali "in" di Los Angeles, stava in piedi invece una ragazza di colore che doveva avere circa vent'anni.

Dimenava le natiche ed il seno in una maniera molto provocante mentre impugnava dolcemente un microfono. Dalle casse usciva una voce melodica, che tesseva le lodi di un non-si-sa-bene-quale parte del corpo di un tizio che, a quanto pare, si faceva chiamava JyZy.

Michael Hart pensò che forse era stato lontano dalla vita pubblica per troppo tempo.

«Governatore! Ben tornato!» esclamò il caposala, vedendolo arrivare.

«Salve Alan» rispose cordialmente il Governatore.

«Solito tavolo?» Chiese Alan con la stessa cordialità.

«Non stasera» rispose Michael guardandosi intorno ed osservando un po' intimorito, quella graziosa e prosperosa ventenne che ballava come una forsennata.

«Stasera vorrei prendere qualcosa di leggero da mangiare e pesante da bere, quindi preferirei sedermi vicino al bar.»

«Come desidera...», rispose il caposala «...chiedo al suo ospite di spostarsi allora.»

Michael guardò Alan come se stesse guardando un orsetto di pezza che gli aveva appena rivolto la parola.

«Il mio ospite?»

«Si, signore. La sta aspettando da più di un'ora.»

Michael fu sorpreso. La sua vita privata era talmente programmata ormai, che non succedeva mai nulla di imprevedibile. Le persone che volevano incontrarlo dovevano soltanto chiamare Kelly, la sua segretaria e prendere un appuntamento.

Cercava di evitare incontri nei locali pubblici ed anche semplici cene, un po' perché preferiva tenere quei momenti (soprattutto quelli al Tavern) solo per sé, un po' perché le testate scandalistiche stavano vivendo il loro periodo di fantasia più fervida.

Sarebbe bastato poco a rovinare quell'immagine che aveva impiegato anni a costruire e una volta distrutta la sua immagine, si sarebbe distrutto anche tutto il suo progetto.

Attese quei pochi minuti necessari ad Alan per far preparare un nuovo tavolo e far spostare il suo ospite, dopodiché fu invitato a sistemarsi al tavolo numero sei, di lato al palco e ben diritto al bar.

Michael si avvicinò al tavolo lentamente, voleva avere tutto il tempo di poter tornare indietro, verso la porta d'ingresso, nel caso il suo ospite non fosse stato tra quelli graditi.

Purtroppo la sua campagna contro gli Alter aveva attirato ed incuriosito, ma anche alterato, un po' tutti e sarebbe stato normale ormai trovare giornalisti in attesa di chiedere quali fossero le sue reali intenzioni in materia di superumani, ma anche Alter agguerriti e minacciosi. Fortunatamente non era mai rimasto invischiato in situazioni scomode, al Tavern d'altronde era di casa ed era interesse di tutti mantenere un basso profilo, così da poter dare al Governatore la dovuta privacy.

La figura che sedeva al tavolo numero sei era coperta da un pilastro in marmo e dalla direzione da cui stava arrivando, Michael non riusciva ancora a vedere bene chi fosse quel misterioso individuo.

Quando fu abbastanza vicino da riconoscere la persona curva sulla sedia, era ormai anche troppo tardi per voltarsi ed andare via, senza essere visto.

«Che mi venga un colpo!» Esclamò Michael.

«Non dirlo troppo forte o il mio capo ti potrebbe anche accontentare.», rispose l'uomo.

L'uomo seduto al tavolo sembrava la copia sputata di un mafioso di quelli che si vedono nei film Hollywoodiani: abito color crema, camicia rossa, cravatta scura e scarpe lucide e nere come i capelli che facevano da contorno ad un viso i cui occhi erano penetranti e densi. La sua pelle era nera. Ma non era nera come un uomo di colore, era nera come il carbone bruciato.

«Lucifero! Cosa ti porta qui?» proruppe Michael.

«Non lo so, un presentimento credo. Sento che potresti essere in pericolo. Forse, e dico solo forse, a causa di tutto quel putiferio che stai facendo con la storia della reclusione dei superumani?»

Michael non si preoccupò di poter essere visto in compagnia di un ex-membro della Lega mentre era in abiti civili, se qualche giornalista gli avrebbe chiesto motivazioni su quel tipo di incontri, avrebbe semplicemente risposto che era solamente un Alter che cercava di dissuaderlo amichevolmente dalle sue convinzioni di contenimento.

«Lucifero, andiamo, mi sembra che stai invecchiando. Secondo te Primus ha bisogno di essere difeso?» Sbottò ridendo il Governatore.

«Primus no. Ma Michael Hart sì.»

Michael non ci aveva mai pensato.

Effettivamente nessuno sarebbe riuscito a tenergli testa come Primus, ma come Michael Hart, Governatore della California, non avrebbe potuto certo esibirsi in mosse di kung fu o jujitsu. Qualcuno si sarebbe posto delle domande vedendo un uomo sulla sessantina che salta di qua e di là come un vecchio Bruce Lee, perché c'è sempre qualcuno nel posto giusto al momento sbagliato.

«Sai Lucifero, non ti ho mai ritenuto un genio, ma stavolta effettivamente hai fatto centro, – disse sorridendo – mi serve qualcuno che mi faccia da guardia del corpo e, sebbene abbia avuto un ottimo addestramento, non può certo essere Lucius!»

«Allora affare fatto eh? Vitto ed alloggio li paghi tu ovviamente.», rispose sorridendo Lucifero.

«Dovrò abituarmi ad avere una guardia del corpo, soprattutto... lo faccio per passare un po' di tempo con te, come quando facevi da esterno con la Lega. In quel periodo abbiamo ottenuto ottimi risultati durante le nostre missioni.»

«Qui si fanno affari e non aspettate la persona più veloce nel concluderne uno?!»

La voce arrivò dalle spalle di Michael, che subito si voltò riconoscendo la persona che gli aveva fatto da spalla (e non solo) infinite volte in passato: Martha Once.

Michael la guardò sbigottito, era strano che fosse al Tavern, non le piaceva andarci...

«Martha! Ciao... – disse – Cosa ci fai qui di bello?»

«Mi prendi in giro?» Rispose lei «ma se mi hai mandato un messaggio di invito tu?!»

Il Governatore non riusciva a capire. Non aveva invitato nessuno al Tarven, tantomeno avrebbe invitato una persona che odiava quel posto! Molto probabilmente era stato Lucius ad aver invitato Martha al Tavern nella speranza di far passare una piacevole serata al Governatore.

«OK, sarò anche in ritardo ma, questo non ti dà il diritto di sostituirmi con il primo che capita...», disse ironicamente la donna.

Locator (Martha), era stata al fianco di Primus per anni ma non aveva mai partecipato alle missioni segrete che questi svolgeva assieme a Lucifero. Quelle missioni erano classificate e soprattutto a sfondo politico-militare, atte a salvaguardare il benessere degli Stati Uniti e di tutta la popolazione.

Martha era stata al fianco di Michael anche in molte altre situazioni al di fuori della vita da Alter. I due si erano conosciuti al college: lui era bello, alto e proveniente da una famiglia agiata, lei era un'afroamericana sovrappeso che nessuno si filava.

Erano finiti fianco a fianco in un banco al corso di chimica; Martha era molto timida ed intimorita da quel ragazzo così sicuro di sé che le sembrava impossibile poter anche solo essere presa in considerazione. Lui era ricco, bianco ed attorniato sempre da belle ragazze, lei era la figlia unica di una famiglia di colore, dove la madre faceva la cameriera ed il padre l'operaio. Era riuscita ad entrare al college perché la fabbrica dove lavorava il padre aveva indetto un concorso fra i dipendenti, basato sulle ore di straordinario fatte. Suo padre risultò il terzo dipendente in graduatoria, l'ultimo a cui sarebbe spettato un premio. Così, messi insieme i risparmi della madre ed i soldi della vincita, riuscì ad iscriversi al primo anno al California Institute of Technology.

Aveva un senso spiccato per la bio-tecnologia a livello di futuristica, non per nulla fu in grado di progettare da sola la tuta cibernetica che avrebbe usato una volta entrata nella Lega ma questo, al primo anno di college, ancora non lo sapeva, credeva solamente di essere un numero. Un numero con tanta voglia di aumentare il suo peso specifico nella società.

Col passare delle settimane e delle lezioni di chimica, Michael e Martha si scoprirono molto più affini di quanto poteva mai sembrare. Entrambi amavano la letteratura d'avventura e di fantascienza, erano capaci di discutere per ore su chi fosse lo scrittore migliore. Michael sosteneva che Orwell fosse il top della fantascienza mentre Martha riteneva Verne il visionario futurista per antonomasia. Per lo meno erano d'accordo sul considerare Philip Dick come un vero e proprio re.

Fu proprio durante un amichevole ma animato battibecco che, nell'impeto di sostenere le proprie idee, Martha si girò di scatto verso Michael e lui, così d'improvviso, la baciò.

In quel momento Martha sentì le labbra carnose e forti di Michael premere sulle sue, poi piegando la testa di lato si lasciò andare ad un bacio focoso e passionale ma dolce allo stesso tempo. Il cuore iniziò a battere all'impazzata ed aveva l'impressione di sentire l'elettricità delle sue sinapsi pervaderle il cervello.

Quello fu l'inizio di una stupenda storia d'amore tra due persone che vivevano la loro vita senza pudore o senza pregiudizi. Martha era sempre stata ai margini della società, per il suo aspetto fisico ma anche per la sua estrazione sociale. Ovviamente ci soffriva, non era certo piacevole non riuscire ad avere un ragazzo, almeno uno che non fosse un reietto o uno sfruttatore, o amiche che volessero solo passare del tempo con lei, qualcuno che andasse oltre le apparenze insomma.

Michael l'aveva fatto, per lui Martha era stupenda. La sua concezione di donna andava oltre quello che i suoi occhi potevano vedere, oltre quello che le sue mani potevano toccare. La sua mente, il suo essere donna a tutti i costi, combattendo l'obesità con la femminilità senza mai ostentare bellezza o forzare la mano nel modo di vestire e rendere volgare la sua persona, la faceva apparire agli occhi di Michael la donna più affascinante del mondo.

La loro storia durò anni, anche nel periodo della Lega, in cui militarono entrambi fino al giorno in cui esplose la bomba.

Da quel giorno Michael cambiò, si fece più cupo, perse interesse per le cose frivole della vita ed iniziò a trascurare anche il rapporto con Martha. Il peso di quella situazione l'aveva allontanato da tutti e da tutto. In qualche modo si sentiva responsabile: era a capo della Lega fin dalla sua fondazione, avrebbe dovuto proteggere i suoi membri, doveva saper gestire la situazione in qualsiasi direzione essa potesse mai andare. Non fu così, purtroppo e la vita gioiosa ed avventurosa di Michael si trasformò in una missione che non dava spazio ad altro.

Così l'amore che era iniziato con degli spettacolari fuochi d'artificio, si spense come la debole fiammella di un fiammifero.

Lucifero pensò di risolvere l'en passe e disse: «Ho sempre pensato che Locator fosse un uomo...» intervenne, poi vedendo l'espressione di Martha, un po' imbarazzato aggiunse «...per via dell'armatura, intendevo... cioè era difficile...»

«Dunque lui sarebbe...» Fece la donna leggermente stizzita, indicando Lucifero.

«Hemmm, si. Piacere, Lucifero»

«Ha-Ha. Molto divertente. Michael se hai deciso di prendermi in giro...» Disse Martha un po' alterata.

«Mah, diciamo che non è divertente per niente» rispose Lucifero «soprattutto se hai un capo come quello che voi ottusi umani adorate tanto.»

Martha rimase di sale. Evidentemente non mentiva, era davvero Lucifero, il vero angelo dannato da Dio. In realtà ne aveva sentito parlare, quando raccontavano delle imprese di Primus e del personaggio che, di tanto in tanto gli faceva da spalla quando Primus non lavorava per la Lega ma direttamente per il governo Americano.

«Martha Once detta "Locator"...» si presentò la donna, poi continuò «la storia non l'ho raccontata io» disse con un pizzico di sarcasmo.

Lucifero guardò Michael, per vedere se fosse in imbarazzo; d'altronde sapeva poco della sua vita privata anche se qualcosa su Martha gli era giunto all'orecchio.

«Se è per questo nemmeno io. Non credere che sia stato facile vivere con un Dio che non fa altro che andare in collera ogni due per tre se non fai esattamente quello che dice. Non era certo tutto rose e fiori quel Paradiso che le vostre anime oggi agognano tanto. Io ho sempre cercato di fagli capire che il genere umano, seppur difettoso...»

«Difettoso?» Lo interruppe Martha, sempre più stizzita.

«Attento, Lucifero...» Lo esortò sghignazzando Michael.

«Beh si, diciamo che ne avete combinate un po' anche voi... comunque sicuramente la tua razza non avrebbe dovuto subire continuamente catastrofi naturali o pestilenze solo perché Lui si aspettava che non faceste più errori e rigaste dritto.»

«Strano, detto da un angelo caduto che non attende altro di ottenere la nostra anima e dannarla per l'eternità»

«Stai parlando delle mie brame per mettervi al sicuro all'Inferno?» Chiese Lucifero.

«Certo, adesso Inferno e Paradiso si sono rivoltati!?»

«Disinformazione... »

«Scusa?» chiese lei.

«Disinformazione!» Rispose Lucifero.

«Ok, non ti seguo» Ora Martha era più incuriosita e meno arrabbiata.

«Va bene. Ci fu un'insurrezione tra gli angeli dei cieli, diciamo circa cinquemila anni fa. Ero stufo di come Dio stesse trattando il genere umano. Raggruppai una schiera di angeli e cercai di attaccarlo direttamente per scardinarlo dal suo trono. Ovviamente non avevo considerato il fatto che Lui possedesse il Sacro Graal.»

«il Graal? La coppa da cui bevve Gesù Cristo durante l'ultima cena?»

Lucifero fece una grossa risata, poi sospirò gettando gli occhi al cielo.

«Anche sul Graal voi umani ne avete raccontate di cotte e di crude, qualcuno ci si è anche avvicinato a capire cosa fosse veramente, ma purtroppo con i vostri cervelli limitati non potete nemmeno immaginare cosa sia il Graal.»

«Spiegamelo tu allora!» disse in tono di sfida Martha, che era tornata ad essere stizzita.

"Sostanzialmente si tratta di..." Lucifero fu interrotto da un boom sonico tipico di una deflagrazione. La parete ovest del Tavern era letteralmente esplosa distribuendo sui tavolini chili di detriti e polvere nelle bocche dei presenti.

La ragazzina tutta pepe che cantava aveva fatto saltare una delle casse con un urlo, che le era venuto naturale lanciare al momento dello scoppio e si era già messa a correre verso l'uscita sul retro.

Un detrito vagante aveva colpito in testa Martha facendola svenire.

Lucifero era scomparso, in qualche modo si doveva essere tele-trasportato o qualcosa di simile, qualunque cosa fosse in grado di fare per salvarsi, l'aveva fatta.

Michael venne catapultato all'indietro, con le spalle colpì lo schienale della sedia che, ribaltandosi, cadde a terra spinta dal peso del Governatore e batté forte la nuca.

Cercò di capire cosa stesse accadendo ma la vista iniziò ad annebbiarsi, poi d'un tratto gli occhi si chiusero e lasciarono spazio al buio profondo.

Il Pentagono I

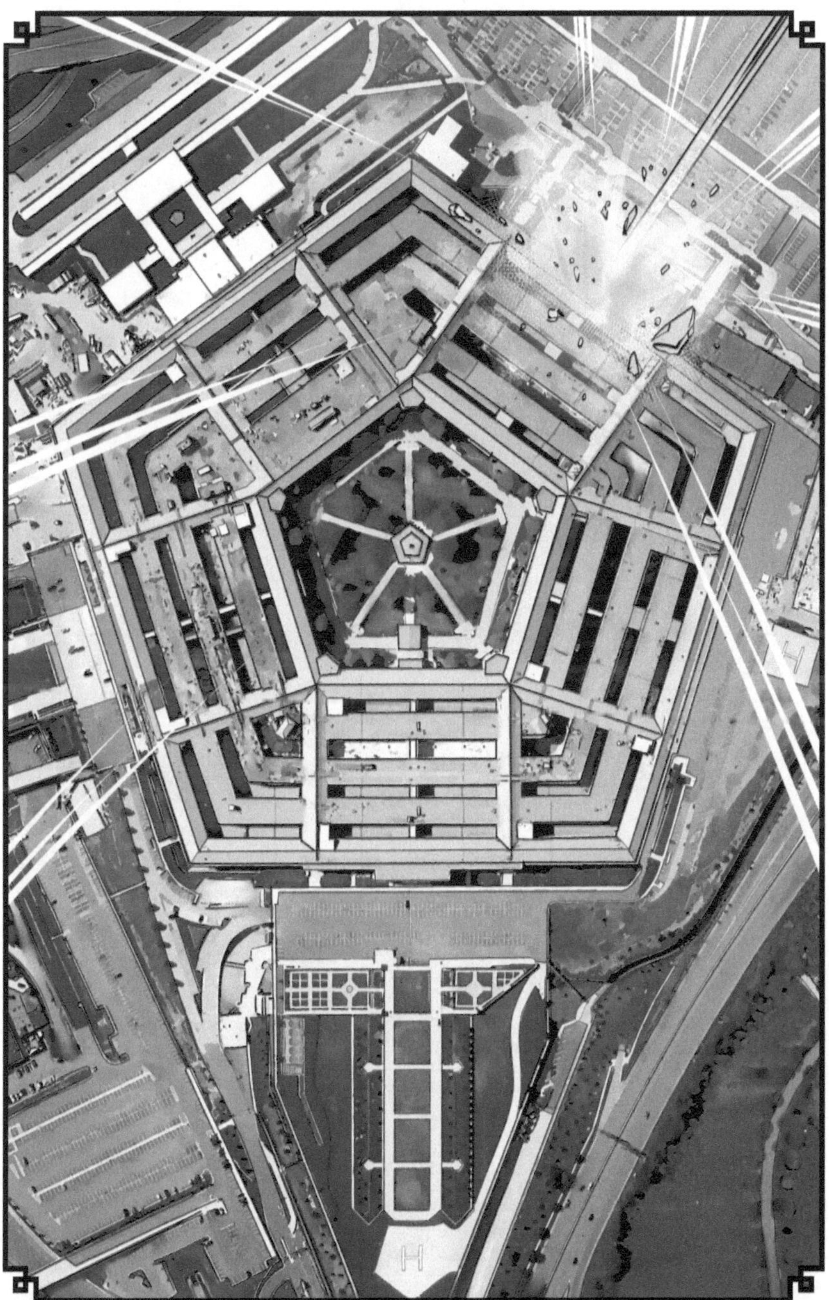

L'aria che gli sbatteva sul viso era fresca e scompigliava i capelli della folta chioma, ormai leggermente venata di bianco.

Amava quella sensazione di libertà che gli dava volare, sembrava che niente avesse potuto toccarlo durante i momenti in cui stava lassù.

Ma questo era una volta. Ora Anthony non provava piacere nell'aria fresca, né meraviglia nel sorvolare campi di grano che sembravano immense colate d'oro.

Tutto il suo corpo era pervaso dalla rabbia e dal dolore. I muscoli erano tesi ed il sangue pompava nelle vene che parevano scoppiare: la morte della sua amata Susan lo aveva reso pazzo.

Nel lungo periodo in cui era stato nella grotta con il Meccanico, aveva avuto modo di escogitare tutto nei minimi particolari: "Arrivo, sfondo un muro ed entro", questo era l'unico piano che era riuscito a pensare. Certo poteva sembrare banale, ma alla fine era sicuro avrebbe funzionato alla grande.

Atterrò davanti all'ala ovest del Pentagono, nella zona dell'eliporto. Anthony conosceva a memoria la pianta dell'edificio, c'era stato almeno duecento volte nel periodo di attività della Lega e da quel lato non c'erano altro che uffici civili: impiegati, segretarie e contabili che riuscivano a far quadrare bilanci miliardari gonfiando le cene dei generali e le spese per i costi accessori, sempre che le signorine nelle camere dei colonnelli possano essere considerate "accessori". Se avesse sfondato il muro esattamente ad un terzo tra il lato ovest e l'entrata sud, si sarebbe ritrovato nel corridoio quattro e da lì sarebbe stata una bazzecola poi arrivare negli uffici di comunicazione, all'anello D.

Tenendo ben saldo il suo fardello sotto braccio, osservò il muro senza badare alle telecamere di sorveglianza (sicuramente l'allarme era già scattato) poi chiuse gli occhi, caricò il suo campo di forza per proteggersi e prese una bella rincorsa, scagliandosi come un missile sul muro spesso un metro e mezzo che rivestiva la parete esterna dello stabile, per ritrovarsi nell'anello E, quello più esterno.

Era stato come attraversare una lastra di polistirolo, solo che aveva fatto molta più polvere e rumore.

Quando si trovò dall'altro lato, in piedi ed un po' frastornato per la botta, trovò impiegati e segretarie che correvano ed urlavano, fogli che svolazzavano ovunque, mentre un ragazzo di circa vent'anni, probabilmente un ex hacker ora addetto alla sicurezza esterna, stava lì a guardarlo con la bocca aperta e gli occhiali annebbiati dalla polvere di marmo che si era alzata durante l'esplosione del muro interno.

L'allarme ora si sentiva forte e chiaro, era quasi assordante. Si diresse verso l'interno dell'edificio, facendosi largo tra i civili ma, non appena mise piede nel corridoio si trovò di fronte uno stuolo di reclute dell'esercito americano che lo intimava di fermarsi.

Anthony li guardò con rabbia. In loro vedeva lo stato Americano, lo stesso stato che non era riuscito a salvaguardare la sicurezza della sua famiglia. Della sua Susan.

Lo sguardo delle reclute era contrito e intenso, fino a quando una di loro non riconobbe chi avevano davanti.

«Ma è... è... Mindwarper...»

Seppure senza troppo scompiglio, il piccolo esercito iniziò a mormorare, dando cenno di abbassare le armi: tutti conoscevano l'alter ego di Anthony Lobber, ma ben pochi lo avevano visto dal vivo e praticamente nessuno lo aveva mai visto in abiti civili.

Ormai la sua identità era di pubblico dominio, grazie a qualche ragazzo senza scrupoli e a giornali scandalistici che non aspettavano altro che scoop come questo.

Anthony quasi non pensava più, agiva d'istinto, era come un animale ferito che cercava di sopravvivere a tutti i costi. Il suo cuore sanguinava e stava cercando un modo per fermare l'emorragia.

Proiettò il suo campo di forza sulla prima fila di soldati gettandoli, in meno di un secondo, a gambe all'aria sui soldati delle retrovie, poi si diresse verso la sala comunicazioni.

I ragazzi della seconda fila che erano riusciti a rimanere in piedi ed a riprendersi dallo stupore, imbracciarono nuovamente i fucili ed aprirono il fuoco.

Questa volta il campo di forza di Anthony non funzionò così bene come con i primi soldati: i proiettili rallentarono la loro corsa, ma si conficcarono lo stesso nella carne dell'eroe, seppur non finendo la loro corsa in profondità.

Con la sola forza della disperazione, caricò la seconda linea e riuscì a sfondare il nugolo di guardie, atterrite nel vedere un uomo crivellato di colpi stare ancora in piedi.

La telecamera del corridoio quattro, a metà tra il centro di supporto e l'ufficio meteorologico era incollata su di lui, il Centro di Comando e Controllo monitorizzava tutti i suoi passi. Inoltre, tutti gli addetti alla supervisione continuavano a tenere sotto osservazione con fermento i monitor delle telecamere di ogni singolo angolo della base, nel caso Mindwarper fosse solo un diversivo. Nel frattempo avevano notificato, come da procedura, l'ufficiale d'agenzia con il livello più alto presente.

Ad un tratto un soldato ruppe il concerto di bip-bip

della sala controllo: «Signore, l'intruso ha qualcosa sotto un braccio!»

Robert Whilmer II, comandante in capo alla Sezione Marines del Pentagono, irruppe con la sua voce roca dagli altoparlanti del circuito chiuso della base: «Anthony, non fare sciocchezze, dicci cosa cerchi e vedremo di aiutarti.»

I due si conoscevano da una vita, se solo una vita fosse veramente bastata a contenere tutte le missioni che avevano preparato assieme in quella sala di controllo, utilizzando il meglio tra computer e tecnologie di spionaggio che gli USA potevano permettersi e coordinando l'utilizzo dell'esercito e degli Alter della Lega negli interventi.

Anthony era già arrivato a metà del corridoio quattro, nell'anello D, da li avrebbe potuto entrare direttamente dalla porta della sala comunicazioni.

«Robert lasciami entrare, tanto sai che potrei sfondare questa porta come niente.»

«Mi spiace Anthony, ma dovrai passare sul mio cadavere» rispose il militare.

Non ci pensò su affatto e decise di irrompere.

I militari nella sala comando, tutti tecnici ingegneri provenienti dalle più quotate università del mondo, ma anche ex hacker imbeccati dalla FBI a giocherellare al piccolo infiltrato (e che ufficialmente stavano scontato i loro bei vent'anni al fresco) fecero un balzo all'unisono dalla poltrona, come se qualcuno avesse colpito il terreno con una forza da cinquemila chilogrammi al centimetro quadro: non erano certo abituati all'azione da campo di battaglia.

Solo il comandante Whilmer dalla sala di controllo, la Watch Team, rimase impietrito a guardare la sagoma scura che si stagliava sulla soglia della sala di comunicazione.

Ad esclusione delle due o tre guardie che erano state stese dall'esplosione della porta, non c'erano armi in quella sala visto che, in teoria, non ce ne sarebbe stato bisogno: mai si era considerata l'eventualità di un attacco, tantomeno da parte di un Alter; venivano sempre considerati degli eroi o dei ladri sfacciati e sanguinari, cosa mai avrebbero potuto rubare nel Pentagono? Gli orologi alle reclute? Le brame di denaro o potere degli Execraris non passavano per le vie della politica, tantomeno per quelle militari.

Eppure ora Robert vedeva davanti a sé un Alter, uno che conosceva talmente bene, da poter leggere nei suoi occhi la determinazione di un uomo distrutto dagli eventi.

La sagoma dell'amico si faceva avanti, verso la console principale. Le labbra del comandante si schiusero per dire qualcosa, ma emisero solamente un flebile sibilo nel vedere quel corpo quasi completamente coperto di sangue avanzare.

Anthony era ormai a pochi centimetri dalla console e non degnò nemmeno di uno sguardo il militare dall'altra parte della stanza che lo osservava. Il comandate Whilmer capì che ormai dell'uomo che conosceva non era rimasto nulla, quel corpo era solamente un ammasso di rabbia e dolore. Ma con uno scopo ben preciso.

I tecnici alle consolle corsero via abbandonando le postazioni ad Anthony, che mise le mani sulla tastiera, rimanendo in piedi curvo a guardare il monitor, poi iniziò ad immettere dei codici. Erano tutti ancora validi. Prese per il bavero il soldato che gli stava più a tiro e gli ordinò qualcosa che il comandante Whilmer non riuscì a sentire.

«Anthony, amico, cosa vuoi fare?»

«Non siamo amici! Non più! Resta lì fermo dove sei, anzi siediti che è meglio. Tanto tra poco sarà tutto finito.»

Robert non riusciva a staccare gli occhi di dosso da

quel congegno che Anthony si portava sotto il braccio.

Non lo aveva mollato un secondo da quando era arrivato, solo ora che tutti gli accessi ai computer erano stati consentiti lo aveva appoggiato sul quadro di comando, vicino alla tastiera.

Non poteva essere un ordigno esplosivo, non avrebbe avuto senso fare tutto quel fracasso e mettersi ad inserire codici d'accesso nel sistema di comunicazione del Pentagono.

Aveva la forma di una piastra sferoidale, scavata all'interno come se fosse un piatto da cucina ma più grande e lucido come una pentola in acciaio. Un casco, ecco sembrava un rudimentale casco; elmo, forse, era la parola più adeguata per descriverlo.

Giaceva con la parte arrotondata verso il basso e si riusciva a vedere, nella scanalatura, una serie di circuiti che terminavano tutti da un lato dove era posizionato un punteruolo di due o tre centimetri di lunghezza.

Per quanto si potesse sforzare, Robert non riusciva proprio a capire che uso avrebbe potuto fare Anthony di quell'aggeggio.

Finito di armeggiare con i vari cavi ed aver connesso il marchingegno alla console principale, Anthony alzò lo strano elmo d'acciaio e se lo mise sulla testa, emettendo un sordo grugnito trattenuto a stento.

Robert intuì solo una cosa: non potevano essere in arrivo altro che guai.

Una famiglia come le altre

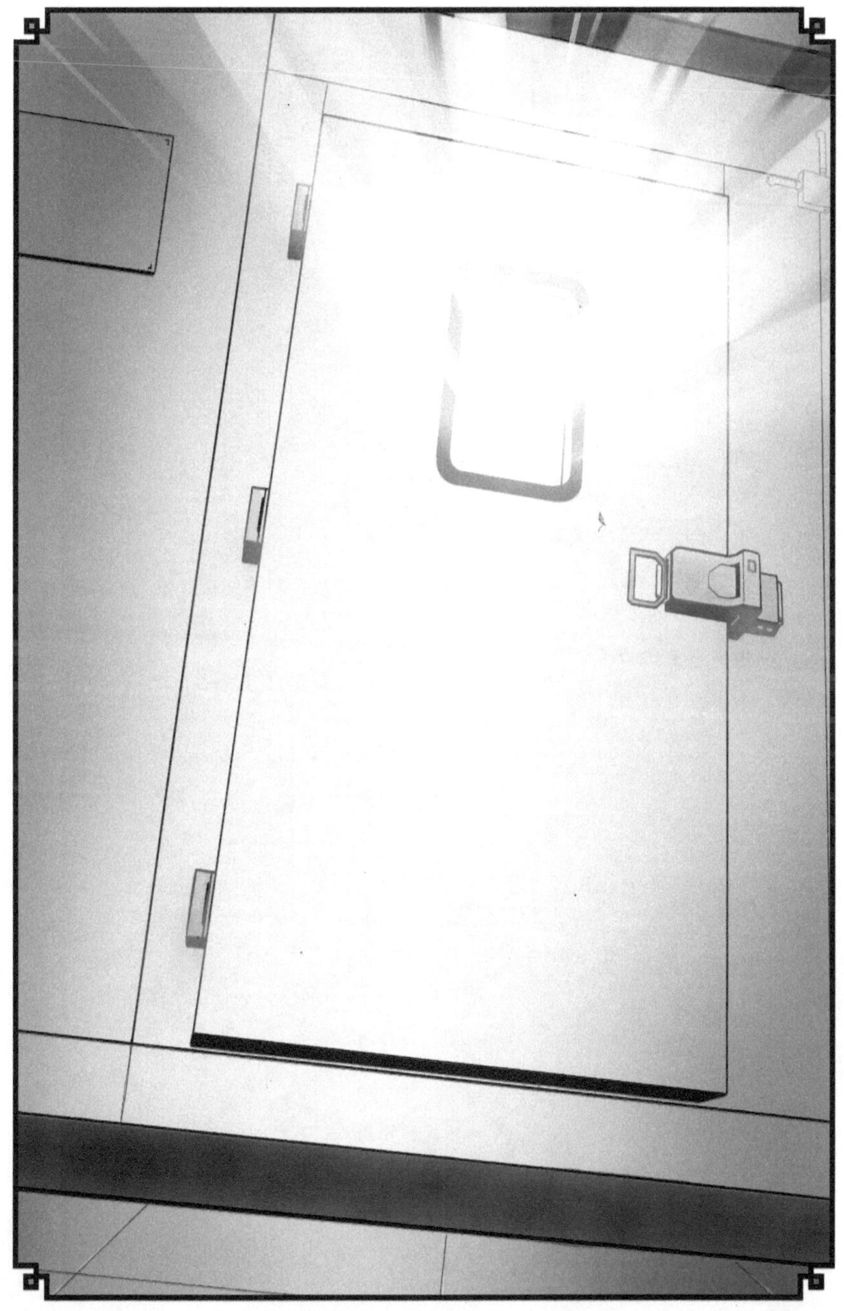

La famiglia Glacier macellava carne sin dal 1892. A quell'epoca Albert Glacier prese la decisione di emigrare dalla Francia agli Stati Uniti in cerca di una nuova vita. La cosa aveva un risvolto molto particolare perché nessuno si trasferiva dalla Francia agli Stati Uniti in quel periodo. Gli immigrati Statunitensi erano per la maggior parte provenienti da Germania, Irlanda ed Italia ma anche da Russia, Polonia e Lituania. I Francesi, evidentemente, stavano molto meglio a casa loro.

Albert tuttavia sentì la necessità di trasferirsi e di lasciarsi alle spalle la vita che le scelte malsane del padre gli stavano presagendo: una vita solitaria, o forse in coppia con una persona poco gradita, da passare in un bel monolocale grigio e con le sbarre a porta e finestre, dove ti servono cibo scadente tre volte al giorno e ti concedono, nel migliore dei casi, un ora d'aria su ventiquattro.

Era sicuro che l'America fosse la soluzione al suo futuro problematico, così si traferì lasciandosi tutto e tutti dietro, cercando una nuova vita nel nuovo mondo.

Albert arrivò negli Stati Uniti nel 1890. La guerra di secessione era finita da un pezzo ed il Dawes Act, il mero tentativo di integrare i nativi Americani con il resto della popolazione, aveva già esaurito il suo corso naturale.

La scarsa conoscenza della lingua di certo non lo aiutò, tuttavia non fu difficile integrarsi ed iniziare a lavorare per sopravvivere.

Sbarcò a New York, come tutti gli immigrati facevano ma si mosse subito e si stabilì a Springfield, nel Missouri. Al tempo era una piccola cittadina di circa cinquantamila abitanti nella quale passavano due linee ferroviarie e i cantieri erano zeppi di fervidi lavoratori intenti a risollevare la città dopo il passaggio del tornado nell'Aprile del 1880. Albert non amava il lavoro pesante e tantomeno era venuto in America per spaccarsi la schiena; venne a sapere che il market al 51 di Wallace Street necessitava di un garzone e fu ben felice di darsi da fare in quel modo.

Nel giro di due anni era stato promosso ad aiuto macellaio e, quasi subito, a macellaio esperto.

Lavorava duramente, anche dodici ore al giorno ma la paga era buona, gli permetteva di pagarsi l'affitto nello stabile di fianco alla macelleria e di vivere in maniera modesta ma soddisfacente.

Poi un giorno si innamorò della sua cliente più bella. Si chiamava Lucy e proveniva da una delle famiglie più benestanti del paese, gli Haller.

Lucy, in realtà, non era effettivamente figlia degli Haller, loro non potevano avere figli. Così poco dopo la fine della guerra di secessione riuscirono ad adottare una piccola orfanella del sud, questo fece molto scalpore perché il Sezionalismo dell'epoca rimarcava molto pesantemente le differenze sociali e culturali tra Lucy e gli abitanti di Springfield. Gli Haller però erano una coppia intelligente e si misero d'impegno per insegnare a Lucy come integrarsi nella comunità cittadina. Il signor Haller, che era un ottimo imprenditore, aveva preso al balzo l'opportunità che il tornado del 1880 aveva creato ed investì gran parte del suo patrimonio nella ristrutturazione delle due stazioni ferroviarie della città e, a dire il vero, il ritorno economico non fu per nulla male. Lucy poteva benissimo vivere di rendita e sposare uno qualunque dei ragazzotti di Uptown non appena avesse avuto l'età giusta. Finché un giorno la domestica degli Haller si ammalò e toccò a Lucy dover andare al market del 51 di Wallace Street a ritirare la spesa per la settimana.

Fu così che Albert e Lucy si conobbero, si innamorarono e, con la benedizione di Mr. Haller, qualche anno più tardi si sposarono.

La cerimonia avvenne a casa Haller in maniera molto circoscritta, con pochi parenti stretti ed amici intimi. Il fatto che Lucy fosse adottata aveva creato negli invitati la sensazione che tutto stesse andando al suo posto: la ragazzetta del Sud aveva finalmente trovato la sua dimensione. A lei non interessava quello che i parenti e gli sciocchi amici dei suoi genitori adottivi pensavano (e non dicevano) finché aveva la benedizione del padre. Mr. Haller amava quella ragazza in maniera pura ed avrebbe accettato qualsiasi sua scelta, purché la rendesse felice.

Gli anni passarono e la coppia ebbe un figlio a cui diedero il nome di Peter. Grazie alla dote di lei ed i risparmi di lui, riuscirono ad aprire una macelleria tutta loro nella quale, col tempo, iniziò a lavorare anche Peter, il quale la fece sua nel 1935 quando Albert, superati ormai i cinquanta, decise di dedicarsi alla pensione (ed a Lucy) a tempo pieno.

Le stagioni si susseguirono anche per Peter, si fidanzò e si sposò con una ragazza di nome Mary che lavorava come cassiera alla macelleria. Dopo qualche anno nacque Stephen.

Mary non amava veramente Peter, l'aveva sposato solo perché sua madre diceva che fosse un buon partito ma, gli affari non andavano per il meglio e Peter sviluppò il brutto vizio di baciare più spesso il collo di una bottiglia piuttosto delle labbra di sua moglie. Nel giro di qualche anno Mary scappò con un playboy Italiano e Peter si ritrovò da solo con il piccolo Stephen, così si traferì nell'area di Sacramento in California, attività annessa.

La mattina Stephen andava a scuola ed il pomeriggio lo passava nel retro del negozio del padre. A scuola ci andava di malavoglia: non riusciva ad integrarsi, c'erano ragazzi che non lo accettavano, che lo prendevano in giro dicendogli di portare i loro saluti all'ammazzavacche di suo padre. A lui invece sarebbe piaciuto fare amicizia con loro e magari avere anche una ragazza. Fu per quello che rapì Amelia Nashton nell'autunno del 1968, per avere una ragazza o forse per guadagnare il rispetto di quelli che lo credevano solo un reietto, una nullità. L'unica cosa che guadagnò fu una sospensione dalla scuola e un sacco di legnate da parte del padre.

Da lì in avanti le cose andarono sempre peggio, il rapporto con suo padre peggiorò e Stephen iniziò a venire richiamato spesso a scuola per colpa delle continue scazzottate con i compagni, soprattutto con un ragazzo di un paio di anni più grande. Non conosceva il suo nome, sapeva solo che lo chiamavano tutti "Il Capo" perché era bello, carismatico, circondato da ragazze bellissime ed aveva persino aiutato la polizia a recuperare Amelia. A causa della sua situazione famigliare, Stephen era il sospettato numero uno, lo sceriffo lo teneva d'occhio e quel ragazzo aveva fornito indicazioni dettagliate sui comportamenti di Stephen a scuola. Alla polizia bastò pedinare il ragazzo per giungere al capanno nel bosco dove trovarono Amelia, imprigionata ma in ottime condizioni. Stephen non le faceva mancare nulla, un soffice divano dove riposare, acqua e cibo fresco, persino alcuni numeri di Life e American Magazine con cui far passare il tempo. Le ottime condizioni di Amelia però non salvarono Stephen da una sospensione di un mese da scuola ed il padre da ritorsioni da parte della comunità, che boicottò la sua macelleria, e da quel senso di inadeguatezza che aveva iniziato a permeare la loro vita. I ragazzi avevano anche iniziato a chiamarlo con disprezzo boogeyman, l'uomo nero: "ecco che arriva il boogeyman!" e "Scappate, altrimenti il boogeyman vi porterà via!" erano le canzonature, seguite da un fottio di risate, che riceveva ogni volta che passava vicino a loro.

Così ogni volta che Stephen tornava a casa da scuola dopo l'ennesimo litigio col compagno di turno, immaginando che il preside avesse chiamato il padre in negozio per fargli l'ennesima ramanzina sul comportamento sconclusionato del figlio, si preparava alla punizione che il padre aveva ormai sistematicamente pronta per lui: apriva la cella frigorifera, ce lo spingeva dentro e lo lasciava lì per un paio d'ore.

"Forse così capirai come ci si comporta!" o "Rinfrescati le idee assieme ai tuoi simili!" gli gridava di volta in volta mentre tornava dietro al bancone a menare di coltello.

Stephen se ne stava lì al freddo, seduto tra un quarto di bue e trecento chili di pancetta di maiale, col padre che non si preoccupava della sua salute, fisica e mentale. Finché un giorno Peter, che quella volta aveva esagerato con i baci alla bottiglia del whiskey, si dimenticò del figlio nella cella frigorifera e ce lo lasciò per tutta la notte.

La mattina seguente alle nove in punto squillò il telefono del negozio: era il preside che, irritato, avvisava il signor Peter della Macelleria Glacier, che il figlio non era andato a scuola. Peter appese la cornetta dopo aver cortesemente ringraziato, poi attese l'arrivo del figlio per poter discutere a quattrocchi e due mani dell'ennesima telefonata di cortesia ricevuta.

Solitamente Stephen alle tre del pomeriggio era già in negozio ma, quel giorno alle quattro ancora non era tornato, così Peter decise di chiudere in anticipo e di andarlo a cercare. Abbassò la serranda, pulì per bene bancone, coltelli e batti carne, aprì il registro di cassa e si mise in tasta i pochi dollari che c'erano dentro. Poi portò la carne avanzata dalle consegne della mattina nella cella frigorifera.

Quando aprì la porta ed accese la luce vide suo figlio seduto in fondo alla cella ed inorridito si rese conto di averlo lasciato lì per un giorno intero.

Stava seduto con la schiena appoggiata al muro, le

gambe rannicchiate al petto, cinte dalle braccia, e le stringeva forte a sé, lo sguardo era fisso nel vuoto. Poteva essere un gioco di luce ma Peter avrebbe giurato che la sua pelle fosse diventata azzurra; aveva paura che il ragazzo si fosse congelato e fosse morto. Gli andò vicino, muovendosi dapprima titubante, poi velocemente, gli prese le spalle tra le mani e lo scosse.

Stephen si girò lentamente, guardò verso il padre con sguardo vitreo ed espressione assente, poi mise una mano a terra e si alzò in piedi facendo leva sul pavimento, si avvicinò al suo volto e guardandolo negli occhi emise un urlo terrificante, poi sul suo corpo comparvero spuntoni di ghiaccio lunghi anche fino ad un metro, sembrava un istrice glaciale. Peter era talmente scosso che non riusciva a muoversi, Stephen abbassò la testa e si gettò verso il padre, lo abbracciò con forza e rabbia. Uno degli spuntoni gli perforò il polmone sinistro ed un altro il cuore, poi alzò di scatto la testa e lo spuntone che gli era uscito dalla fronte infilzò il padre alla gola.

L'uomo si accasciò a terra dopo che Stephen ebbe lasciato la presa. Gli spuntoni ghiacciati ora erano colorati di rosso, la fronte del ragazzo gocciolava sangue. Stephen ansimando guardò il padre come fosse un asciugamano bagnato a terra e poi lo scavalcò per uscire dalla cella frigorifera, richiudendo la porta alle sue spalle.

Scomparve da Springfield nel medesimo istante in cui varcò la soglia di quella cella frigorifera e nessuno lo rivide più in città. Quello fu il suo ultimo giorno da essere umano.

Al Tavern II

Gli occhi di Michael Hart si riaprirono dopo alcuni secondi ma, a lui sembrò di essere stato via per due ore. Il rumore dell'esplosione gli aveva ovattato le orecchie. La polvere di gesso aveva creato una leggera nebbiolina in tutto il locale. Faticava a vedere ed a sentire e, forse, era meglio così perché lo spettacolo non era dei migliori: la parete nord era completamente squarciata, pezzi di mattone rossi erano sparsi sul pavimento del Tavern che, sbriciolandosi nell'urto, avevano ricoperto anche le tovaglie color crema dei tavolini rovesciati. Sembrava come se qualcuno si fosse divertito a spolverare paprika dappertutto! Le due palme che erano state poste ai lati del palco ora giacevano languide a terra ed assomigliavano a due zanne di tricheco tranciate.

Con la schiena a terra e la nuca che pulsava, l'unica cosa che gli venne naturale fare fu di accertarsi dello stato dei suoi due amici: Martha giaceva svenuta non molto lontana da lui, un tavolino le era caduto addosso e le schiacciava l'addome dove si era formato un livido bluastro.

Di Lucifero nemmeno l'ombra.

I corpi dei clienti del Tavern che non erano riusciti a sfuggire all'esplosione erano sparsi per il locale, vivi alcuni, probabilmente morti tanti, ricoperti da polvere bianca come se fossero auto parcheggiate a caso sotto una bufera di neve improvvisa.

Michael si alzò in piedi frastornato ed incominciò istintivamente a battersi la giacca per eliminare la polvere di cui era coperto creando, così, altre piccole nuvolette bianche che gli fluttuavano attorno, poi si diresse verso Martha per accertarsi che stesse bene.

Di colpo si ritrovò con le spalle letteralmente al muro e due mani gelide a stringergli le clavicole in una morsa fredda e dolorosa.

Era ancora intontito e vedeva (o pensava di vedere) delle ombre fluttuare davanti a sé. C'era Charles nel mezzo di cinque facce poco rassicuranti a fargli da contorno, lo vedeva tirato e smunto, non era la stessa persona che aveva incontrato poco prima, sembrava un Charles vecchio di mille anni, stanco e pallido (ma comunque sempre curato) e c'era anche Anthony lì dietro di lui, e gli sembrava sorridesse ed a quel punto Michael pensò di aver sbattuto la testa molto forte perché Anthony non c'era più ormai.

Poi di nuovo tutto si fece confuso.

Quando la vista fu definitivamente a fuoco vide la figura agghiacciante di Icyman che lo fissava, con un ghigno a metà tra la una risata a denti stretti ed una paresi facciale.

«Eccoti qui. Allora sei tu quello che mi ha fatto tanto penare fino ad oggi...» Il fiato era gelido e vaporoso ed umido.

«Io faccio solo il mio lavoro, cerco di mantenere l'ordine in questo paese...»

«Bla, bla, bla ed ancora bla...» fece Icyman.

Michael aveva paura, non tanto per quello che poteva fargli Icyman ma perché si sentiva indifeso.

Non poteva certo mostrare tutta la sua abilità nel combattimento corpo a corpo, rivelando così di essere ben altro che un semplice politico; tuttavia l'alternativa era lasciare all'Execraris carta bianca sulla nuova disposizione da dare alle sue ossa.

Icyman alzò un pugno, lo ricoprì di ghiaccio con i suoi bracciali e lo indirizzò verso la faccia di Michael. Il pugno era veloce ma altrettanto fu la reazione istintiva del governatore e, con una frazione di secondo più tardi di quanto avesse calcolato, Michael riuscì a schivare il colpo inclinando la testa di lato.

Il muro dietro di lui si sgretolò e cadde a terra facendo il rumore di una piccola frana.

Realizzò di essere realmente in pericolo e decise che forse era meglio lasciare da parte le identità segrete. Ruotando le braccia verso l'esterno si liberò della presa di Icyman, gli bloccò le braccia e, tenendosi aggrappato a quelle gelide membra, sferrò una testata al volto talmente forte da fargli lasciare la presa ed indietreggiare barcollando.

Il sangue usciva copioso dal naso dell'Execraris.

«Allora è vero... quell'idiota di Toadeus non raccontava balle, tu sei Primus!» Michael si rese conto del motivo per cui il viscido scagnozzo di Icyman si trovava a casa sua poco prima.

«C'è voluto un po' di tempo ma, alla fine ti abbiamo scoperto. Certo non ne ero sicuro, Toadeus raccontava di veder entrare una limousine a villa Hart e poi uscire dalla boscaglia sul retro una moto nera, ma i suoi racconti erano sempre sconclusionati e la sua memoria a volte giocava brutti scherzi ma era l'unico che potesse avvicinarsi a casa tua senza essere visto e, alla fine, giocare al lume di candela ne è valsa la pena.»

«Che cosa vuoi?!» Chiese serafico Michael.

«Ricordi, quella volta sul tetto? Ti avevo promesso che un giorno saresti morto molto lentamente per mano mia! Beh quel giorno è oggi! Voglio finalmente essere il tuo boogeyman!» Grugnì Icyman.

A Michael tornò subito in mente il periodo della scuola. A quel tempo al liceo c'era un ragazzino, scontroso ed introverso, lui ed i suoi amici lo prendevano sempre in giro e lo schivavano lasciandolo fuori dalla loro cerchia. A volte le prese in giro finivano in scazzottate, vinte sempre da Michael che si era meritato il soprannome di

"Capo". Finché un giorno quel ragazzo rapì una loro compagna di classe, Amelia Nashton, che fu poi ritrovata anche grazie alle intuizioni di Michael. Ricordò solo in quell'istante che il nome di quel ragazzino era Stephen Glacier, oggi meglio conosciuto come Icyman.

«E pensare che ho perso talmente tanto tempo a combatterti quando eri vestito di pelle nera che non ho mai veramente pensato di attaccare il tuo alter ego, la tua vita normale diciamo, quella di tutti i giorni, quella dove sei solo un semplice ed indifeso, patetico politico!»

Michael non sapeva cosa fare, era confuso e si sentiva sempre più indifeso. Sapeva chi era e cosa poteva fare, ma non era abituato a vestire giacca e cravatta mentre combatteva il crimine e non riusciva nemmeno a sentirsi a suo agio senza maschera. Il detto "l'abito non fa il monaco" non era del tutto vero, solo quando indossava la sua tuta in pelle e spandex poteva sentirsi Primus e sentire la forza e la rabbia corrergli nelle vene, dentro i nervi e giù per la spina dorsale.

«Perché ora mi sembri così... piccolo?» Il viso di Icyman era contrito in una smorfia di rabbia e disprezzo, mentre la mano destra stringeva il collo di Michael.

«Guardati, non sei nemmeno capace di reagire...»

Aveva ragione, non riusciva quasi nemmeno a respirare, era terrorizzato, non tanto dalla situazione o dal fatto di essere stato smascherato, ma dal fatto che se erano riusciti a risalire a lui, che era sempre stato attento e non aveva mai fatto trapelare nulla, rientrando in villa da nascondigli segreti nella boscaglia e dividendo nettamente la sua vita di uomo politico da quella di Alter, allora nessuno poteva dormire sonni tranquilli.

Michael rimaneva immobile ma la memoria tornava a vagare nei meandri della storia, riportandolo al momento della scomparsa di uno degli uomini più valorosi che mai era stato annoverato tra le file della Lega: Mindwarper. Ne ricordava la gioia di vivere quando era nei panni di Anthony, ricordava la moglie Susan, dolce ed amorevole, vicino all'uomo che amava in ogni situazione. Ricordava una famiglia felice, poi distrutta dalla bramosia e dall'odio e dalla pazzia stessa di chi una volta era integro e sobrio come ben pochi.

Una voce sembrò destarlo dai suoi pensieri «Governatore Hart, mi fai pena!» e puntando il braccio libero verso di lui, Icyman prese la mira e scaricò una serie di saette di ghiaccio da distanza ravvicinata.

Michael, ormai sentendosi spacciato, volse lo sguardo altrove e chiuse gli occhi, come se quel gesto istintivo fosse in grado di fermare il ghiaccio assassino.

Lo sentì arrivargli in faccia e sul petto prepotentemente, ma non sentì freddo bensì un calore intenso, come di una doccia calda.

Scoprendosi ancora integro, aprì gli occhi e davanti a lui vide pararsi un uomo, di spalle, in abito chiaro che sembrava ora riconoscere, soprattutto dall'odore dolciastro di zolfo.

«Lucifero?!»

«Michael, stai al tuo posto adesso, non vorrai divertirti solo tu questa sera, eh?»

Il governatore ubbidì e si lasciò accasciare al suolo.

Il diavolo prese le redini del gioco: fuoco e fiamme avvolgevano il gruppo di Icyman, uno sguardo di terrore aveva preso il sopravvento sul ghigno beffardo di pochi minuti prima.

Tuttavia la posta in gioco era troppo alta, Icyman doveva ottenere quello che voleva, sapeva che sarebbe stato ora o mai più; ormai si era esposto troppo, il governatore sapeva di non essere più invulnerabile e si sarebbe comportato di conseguenza quindi, se voleva liberarsene, doveva farlo ora.

Con un salto mortale in avanti Icyman superò la barriera di fuoco e, nell'atterrare, colpì in pieno petto Lucifero che cadde a terra rovinosamente verso Michael.

Il demonio, disteso sul pavimento, ebbe solo una reazione di stizza e, senza girare la testa bisbigliò qualcosa disinteressandosi del fatto che l'Execraris in realtà non potesse sentirlo, perché era una promessa a sé stesso: «È l'ultima volta che mi tocchi» sibilò Lucifero.

Si mise in piedi, senza l'aiuto degli arti, istantaneamente come il rastrello che si leva quando lo si pesta sulle forche. Fluttuando etereo a pochi centimetri da terra e dirigendosi verso Icyman, alzò la mano destra fino sopra all'orecchio sinistro incrociando il braccio davanti al petto, i suoi occhi iniziarono a sfrigolare, sembravano due biglie di vetro color fuoco, i canini erano fuoriusciti in modo vampiresco ed il suo volto era ormai lontano dall'assomigliare anche minimamente a quello del distinto gentiluomo che era entrato nel Tavern qualche ora prima.

La smorfia di orrore era passata dal viso di Michael a quello di Icyman.

Lucifero, ormai vicino all'Execraris, gli sferrò un manrovescio che non riuscì ad evitare; il colpo inferto fu talmente forte da far rigirare la testa sul collo all'avversario.

I suoi tirapiedi erano ancora all'interno del cerchio di fuoco che oramai si stava estinguendo, inermi ed inutili.

L'uomo di ghiaccio girò il volto verso il diavolo e solo in quel istante si rese conto di avere il viso solcato da una striscia fiammeggiante.

Terrorizzato e senza proferire parola, voltò le spalle ai due Leaguers e diede in ritirata urlando come un bambino terrorizzato, accolto dalla sua sgangherata ciurma di seguaci.

Lucifero si inginocchiò vicino a Michael e chiese gentilmente: «Tutto a posto?»

«Sì, sì. Grazie. Per fortuna sei arrivato, altrimenti mi sa che me la sarei vista brutta»

«Mi sembra che tu te la sia già vista brutta» rispose serio il diavolo «non è da te farsi mettere sotto, cosa è successo?»

«Lucifero, Icyman lo sa!»

«Sa cosa?»

«Sa chi sono.» Lucifero stava per chiederle "come?" ma Michael lo anticipò «Mi ha fatto pedinare, sono stato uno sciocco. Se sono risaliti a me e tu sai quanto io sia sempre stato attento, possono risalire a chiunque e vorrei fare a meno di trovarmi in un nuovo caso Mindwarper.»

«Dobbiamo prenderlo!» Lucifero fece per alzarsi per dirigersi verso lo squarcio nel muro da dove era fuggito Icyman, ma Michael lo trattenne per un braccio.

«Non ti preoccupare di lui, ci sono cose più importanti prima, dobbiamo portare Martha in ospedale.»

Lucifero mise in piedi il governatore tirandolo per un braccio e poi, insieme, si diressero verso lo stesso tavolo dove poco prima stavano gustandosi un ottimo aperitivo, per soccorrere Martha. Entrambi rimasero sbigottiti nel vedere che oltre agli Execraris era scomparsa anche lei.

Il Pentagono II

La nuca bruciava un po', la sensazione era dovuta all'ago che stava penetrando nei suoi tessuti.

Da quando si era messo in testa quell'affare, Anthony aveva smesso di esistere, c'era solo il risultato informe dell'unione di pazzia, odio, amore e potenza, pronto alla devastazione totale pur di non provare più quel dolore nel petto.

«Anthony, non vorrai usare quel aggeggio?» domandò il Comandante Whilmer.

Non rispose, come fosse stato ipnotizzato e, continuando a digitare sulla tastiera di fronte a lui iniziò a grondare sudore.

«Anthony ti prego! In nome di Dio scollegati da quella macchina!»

Le dita si fermarono a due millimetri dalla tastiera, come in posizione di colpire, nello stesso modo in cui un pianista attende il disegno nell'aria della bacchetta del direttore d'orchestra per eseguire l'attacco.

«Ho finito! Il potenziatore ormai ha connesso le mie capacità all'impianto di trasmissione del Pentagono. Ce l'ho fatta... Susan, adesso posso vendicarti!» Proruppe in una fragorosa e liberatoria e pazza risata.

Poi si accasciò a terra, come un pupazzo di pezza, senza forze, svuotato di tutto «OK, adesso potete fare di me quello che volete...»

La concessione non ebbe alcuna risonanza perché nessuno dei soldati a terra era in grado di agire.

Il Comandante Whilmer si precipitò alla tastiera cercando di fermare il conto alla rovescia partito pochi istanti prima ma, i terminali erano bloccati ed Anthony aveva cambiato anche le password d'accesso. Solo un miracolo li avrebbe potuti salvare.

«Robert, mi dispiace che ci vadano di mezzo anche degli innocenti...» sussurrò in un attimo di lucidità Anthony «...dovevo farlo per Susan, capisci?».

Robert capiva. Non ratificava certamente ma, capiva il dolore che l'amico provava. Aveva perso l'unica cosa che per lui contasse davvero, l'unica persona che accludeva il tutto.

«Presto!» Comandò poi, come se ci fosse qualcuno in grado di eseguire l'ordine «Dobbiamo cercare di scollegare quella macchina dal computer della sala comunicazioni!».

Mindwarper era riuscito a collegare il potenziatore mentale che aveva in testa con l'antenna parabolica del Pentagono che era connessa direttamente ad Echelon, permettendogli così di indirizzare il flusso del suo potere su tutto il pianeta.

«Anthony, non puoi punire tutti perché non sai con chi prendertela!» Disse Robert cercando di far rinsavire l'amico.

«Così facendo ci farai regredire allo stato primordiale, non ricorderemo più nulla e non sapremo più usare i macchinari, né leggere, scrivere e nemmeno più parlare... ci ridurrai a degli animali... É questo che vuoi?»

«Certo che è questo che voglio! La razza umana si merita solo questo, ci comportiamo da animali ed è giusto quindi vivere come animali!»

«Anthony, sii serio! I tuoi compagni della Lega sono già qui fuori e molti altri stanno arrivando, non ce la farai mai...»

Invece l'invenzione del Meccanico funzionava, l'onda celebrale si stava espandendo a macchia d'olio su tutta la costa ovest, in breve tempo avrebbe raggiunto ogni angolo del mondo e la vita sulla Terra in pochi minuti sarebbe regredita tornado indietro di cinquantamila anni, anno più anno meno.

Anche gli Alter che erano giunti da tutti gli Stati Uniti, alcuni anche dall'Europa e dal Giappone, erano ormai in balia dell'onda mentale di Mindwarper e già in molti stavano iniziando a dimenticare chi e cosa fossero.

Robert Whilmer II invece resisteva. Non perché avesse una mente superiore, ma perché le sue numerose battaglie lo avevano portato ad avere anche numerose ferite, una delle quali aveva richiesto l'installazione di una calotta metallica che copriva praticamente tutto il cranio e che riusciva ad interferire con l'onda mentale di Mindwarper. Tuttavia sapeva bene che era solo questione di tempo, che ci sarebbe voluto un po' di più ma che alla fine anche lui sarebbe diventato una scimmia, se non addirittura un cucciolo di scimmia.

Il Comandante si avventò su Anthony, ormai provato dallo sforzo fisico e mentale a cui si era sottoposto, cercò di togliergli il marchingegno dalla testa ma non riuscì nemmeno a spostarlo di un centimetro, allora raccolse una sedia da terra ed iniziò a devastare i macchinari del centro di comunicazione.

Anthony era ridotto quasi ad un vegetale, ma la sua onda mentale non si sarebbe fermata fino a quando il suo cuore non fosse collassato.

Robert diede un ultimo colpo al computer con la sedia e subito dopo cadde a terra stremato.

Poi si rialzò ed in un ultimo sussulto di lucidità, prima di abbandonarsi alla totale regressione, si diresse verso la sala meteo adiacente, da cui si potevano gestire i satelliti.

Le due sale erano divise totalmente da un muro e solo una piccola porta le collegava. Robert girò la maniglia a fatica ed entrò stando carponi.

Fosse stato visto così nella sua casa di Milwaukee, chiunque lo conoscesse abbastanza bene, avrebbe detto che stava giocando con uno dei suoi amati nipotini, ma il pavimento su cui strisciava ora era quello del Pentagono, uno degli avamposti di guardia più avanzati ed allestito con la strumentazione più potente del mondo e purtroppo, anche l'unico collegato al sistema di intercettazioni più potente del pianeta: Echelon.

Sapeva di non esser più in tempo ad interrompere il flusso mentale di Anthony, ma poteva deviarlo il più lontano possibile; gli bastò girare la manopola direzionale e premere il tasto rosso. La strumentazione, era perennemente settata sulle coordinate relative a una piccola abitazione a sud-ovest di Mosca sul Bacino di Kiev, luogo dove era solito radunarsi un gruppo di politici rossi e non solo, per discutere di come poter porre termine allo strapotere degli Stati Uniti d'America, anche in maniera drastica nel caso si fosse reso necessario, in quel periodo di guerra fredda.

Premendo quel semplice tasto rosso, all'apparenza innocuo, il flusso mentale di Anthony si indirizzò verso est, attraversando l'Europa e piombando sull'Unione Sovietica.

Gli Stati Uniti erano così salvi, ad un alto prezzo certo, ma la vita di alcuni soldati ed il sacrificio di molti Alter non erano bastati: Il cervello di Anthony, ormai malandato, faticava a tenere sotto controllo l'onda mentale, a mantenerla sulla frequenza che Mindwarper aveva impostato prima di perdere coscienza. Nel silenzio assoluto del Pentagono, il corpo di Anthony iniziò a staccarsi da terra ed a fluttuare nel vuoto, attorno a lui alcuni detriti iniziarono anch'essi a volteggiare nell'aria, era come se nella stanza fosse venuta a mancare la gravità.

A poco a poco tutto lo stabile iniziò a tramare e le fondamenta si staccarono dal terreno.

L'onda mentale era ormai al suo culmine, il potenziatore globale stava diventando incandescente, gli occhi e la bocca di Anthony si aprirono di scatto e lampi di luce scaturirono da quelle fessure.

Anche da sotto i vestiti, tra i bottoni della camicia, iniziavano ad uscire raggi di luce bianca, improvvisamente il caos fu sostituito da un silenzio spettrale mentre il corpo di Anthony esplodeva come una bomba al plasma in una palla di luce ed il Pentagono, che si era sollevato a dieci metri da terra, ricadde sulle sue fondamenta in un fragore tremendo mentre a migliaia di chilometri di distanza un evento che avrebbe sconvolto il mondo stava per accadere.

Premendo quel tasto rosso, con l'intento di salvare la popolazione degli Stati Uniti e di utilizzare nel contempo l'onda mentale di Anthony per un secondo scopo utile alla causa, il comandante Whilmer aveva fatto in modo che l'onda di Mindwarper fosse dirottata in Ucraina attraverso i sistemi satellitari di Echelon, esattamente verso un piccolo paese dove era noto all'intelligence USA vi si radunassero in tutta segretezza i maggiori capi di stato dell'Unione Sovietica. Il paese si trovava molto vicino a Cernobyl, famoso per la centrale ad energia nucleare, così tutta la zona venne inondata dall'onda mentale, compreso il personale della centrale a fissione Vladimir Lenin di proprietà della società Energoatom. La potenza dell'onda, viaggiando per così tanti chilometri, seppur ingigantita dalla capacità del casco del Meccanico si era però affievolita man mano che si allontanava dalla sua fonte. La sera del 26 Aprile del 1986, verso le ore ventitré tutti gli abitanti dell'Ucraina vissero un blackout mentale della dura di qualche minuto, giusto il tempo necessario a far perdere ai tecnici della centrale il controllo del test sul reattore numero 4, portando all'esplosione che permise la fuoriuscita del materiale radioattivo dal reattore.

Nei mesi a venire i quotidiani ebbero molto da scrivere sia sul Pentagono sia sulla minaccia che gli Alter avevano sempre rappresentato e su come fosse stato un bene che l'onda mentale avesse fatto regredire i loro poteri, riducendoli a normali esseri umani.

Ma all'Europa non interessava delle vicende negli USA perché quel giorno, il 26 Aprile del 1986, aveva ben altri problemi. Le maggiori testate giornalistiche mondiali non facevano altro che parlare di quell'evento devastante, avvenuto in circostanze misteriose, che avrebbe rovinato piantagioni, clima e aria, che tutta l'Europa avrebbe ricordato per anni con il semplice nome russo di una pianta profumata, lo stesso di quel paesino nell'Ucraina da dove tutto scaturì: Chernobyl.

The New  York Globe

The Globe
Print the news

The Globe
Print the news

New York City, New York, Sunday, April 27, 1986.

CATASTROFE IN UKRAINA

Chernobyl, 26 Aprile

Era stato programmato durante il turno serale. Era solamente un normale test di routine al reattore numero quattro della centrale nucleare di un piccolo paesino, vecchio di ottocento anni, dell'Ucraina.

Il test prevedeva il monitoraggio della pompa di raffreddamento del sistema:

avrebbe dovuto funzionare anche se ci fosse stata una fornitura di potenza minore, causata dall'eventuale mancanza improvvisa di erogazione dalla rete elettrica ausiliaria.

Alle 23.00 il numero delle aste di controllo, che regolano il processo di fissione in un reattore nucleare (assorbendo i neutroni e rallentando la reazione a catena in modo da tenere il processo sotto controllo), fu diminuito per ridurre la capacità di erogazione fino al 20% del normale valore richiesto per il test.

Tuttavia, a causa

di questa drastica riduzione, la quantità di energia fu talmente bassa da far giungere al quasi totale spegnimento del sistema.

A questo punto, gli ingegneri di turno, decisero di aumentare il numero di aste utilizzate per aumentare l'erogazione e così presero la decisione di continuare il test.

Alle ore 01.00 la potenza era soltanto al 7% del valore massimo, e così venne deciso di aumentare ancora il numero di aste. Il sistema di spegnimento automatico era stato disabilitato per permettere al reattore di continuare a lavorare anche sotto condizioni di potenza

estremamente bassa ed evitare lo shutdown completo.

Per aumentare la potenza del generatore, gli ingegneri continuarono il ripristino del numero di aste attive. Dopo circa mezz'ora la potenza aveva raggiunto il 12%.

Improvvisamente,

pochi secondi dopo, la potenza calò fino alla soglia di pericolosità estrema, a quel punto, il generatore iniziò a surriscaldarsi ed il liquido di raffreddamento divenne vapore.

Si pensa che, erroneamente, solo sei aste fossero rimaste attive all'interno del reattore, quando il minimo per eseguire operazioni in piena sicurezza era di trenta elementi.

Venne premuto il pulsante di intervento di emergenza ma il reinserimento delle aste dall'alto fece uscire gran parte del liquido di raffreddamento e concentrò la reattività nella parte bassa del reattore. Con potenza pressappoco di cento volte quella normale, proiettili di carburante iniziarono ad esplodere all'interno del reattore facendo scoppiare i tubi del carburante stesso.

Alle ore 01.24 avvennero due deflagrazioni che causarono lo scoperchiamento del tetto del reattore e la fuoriuscita dei contenuti.

Non appena l'aria iniziò ad entrare nel reattore, il gas di monossido di carbonio iniziò a bruciare continuando a farlo per nove giorni. Siccome il reattore non era stato costruito all'interno di una corazza di cemento,

come da pratiche standard in tutti i paesi dove sono stati istallati reattori nucleari, tutto lo stabilimento subì numerosi danni e un immensa quantità di scorie radioattive venne rilasciata nell'atmosfera.

A nulla sono valsi i tentativi dei vigili del fuoco, arrampicatisi fino al tetto del reattore, e l'uso di elicotteri per lo spargimento di sabbia nella ricerca di attenuare la dispersione di radiazioni.

Ingegneri e vigili del fuoco non sono ancora riusciti a capire che cosa abbia fatto ridurre così drasticamente la potenza del reattore.

Progenie Future

Gavrilav Kozlov amava sua moglie Taisia. Si erano sposati giovani, lei appena ventenne e lui di un paio d'anni più anziano. Taisia aveva comunicato ai suoi genitori che era rimasta incinta e, negli anni cinquanta, i suoi non avrebbero mai e poi mai accettato una situazione simile in casa, così Gavrilav non ci pensò su due volte e la portò all'altare; sette mesi dopo nasceva Yana.

La vita coniugale non era poi così male, sicuramente molto meglio di quanto i genitori di Taisia le avevano prospettato quando seppero che aspettava una figlia.

Vedrai! le dicevano, adesso ti sposa ma poi, quando mancheranno i soldi e passerà l'infatuazione ti lascerà, sola, te ed il tuo bambino! E due donne da sole, in Ucraina, non vanno molto lontane!

I due invece erano molto affiatati e se la cavavano davvero bene come genitori ma, effettivamente, un po' meno come economisti: i soldi non bastavano mai e per di più Taisia, dovendo badare alla piccola Yana, non poteva lavorare.

Gavrilav invece aveva trovato lavoro nelle Kopankas, le miniere illegali di carbone di Torez, una piccola cittadina sperduta nella periferia di Donetsk dove si erano traferiti dopo il matrimonio, anche se la paga era molto bassa: appena 225 Rubli al mese, praticamente un quarto dello stipendio medio in Russia a quei tempi. D'altronde non avevano molta scelta: o pochi Rubli o la fame. L'alternativa era emigrare ma, con così pochi soldi in tasca, ed una bimba piccola da accudire, anche solo pensarlo al momento era impossibile. Ogni tanto Taisia, la notte, sognava di trasferirsi nell'Europa occidentale ed al risveglio subito raccontava a Gavrilav delle città che aveva visitato in sogno, di quanto erano belle e di come le persone erano accoglienti. C'era cibo per tutti i gusti e per tutte le tasche e soprattutto c'era il benessere, anche se non sapeva, nel sogno, da dove arrivasse. Gavrilav sorrideva e si rallegrava nel vedere gli occhi di sua moglie riempirsi di speranza ogni volta che gli raccontava un sogno, poi si guardava le mani e vedeva solo nere tracce di polvere di carbone. Si rabbuiava per qualche istante ma mai abbastanza che Taisia se ne accorgesse, non avrebbe potuto resistere nel vedere trasformare quello scintillio che aveva negli occhi in lacrime amare. Ci pensava lui a soffrire per entrambi, anzi, per tutti e tre.

Le condizioni lavorative delle miniere erano pessime ed al limite del sopportabile. Si lavorava sempre al buio totale e le gallerie erano illuminate solamente dalle torce degli elmetti. Non c'erano né areazione né uscite di emergenza, i lavoratori erano immersi quotidianamente in ambienti saturi di polveri e gas e se per caso una delle volte crollava, qualcuno spesso ci rimaneva sotto e non ne usciva più, almeno non da vivo. La mattina, si doveva arrivare alla cava alle otto in punto (pena la decurtazione del corrispettivo in minuti della paga), non importava se ci fosse il sole o una tempesta di neve, la puntualità era un obbligo da rispettare tassativamente, poi si scendeva immediatamente nelle gallerie, a piedi, cercando di non scivolare e farsi male, altrimenti venivi rimpiazzato e potevi salutare il tuo posto di lavoro. La discesa era molto ripida e costellata di ciottoli che rendevano il fondo sdrucciolevole e pericoloso anche con gli stivali addosso. C'erano però anche dei fortunati che scendevano tramite una vasca da bagno legata ad un cavo di traino d'acciaio, che veniva usata come una specie di carrello-ascensore. Ci si entrava in tre o quattro, solitamente ci entravano i lavoratori più minuti e facili da trainare perché, benché avessero un fisico tonico, muscoloso ed asciutto, erano i più leggeri. Gavrilav era un metro e novanta per cento chili e se la faceva tutti i giorni a piedi.

Nella discesa con la vasca, il cavo era trattenuto dallo stesso numero di lavoratori che vi erano entrati, non importava se gli uomini nella vasca pesassero la metà di quelli che tenevano il cavo, la sicurezza nelle salite e nelle discese era una delle poche cose a cui si dava riguardo in miniera. Non tanto per l'incolumità dei lavoratori ma, perché un incidente nella discesa avrebbe potuto compromettere la giornata lavorativa di tutti i minatori. Gli ascensoristi, così erano chiamati in maniera ufficiosa chi era addetto alla corda, cambiavano spesso e non facevano più di 3 discese e risalite al giorno. Sostanzialmente l'ascensore era gestito in questo modo: partiva una squadra di quattro persone che mandava nelle miniere tre o quattro vasche colme di personale. Dopo tre discese, il personale che era al cavo, veniva sostituito da altri quattro operai mentre entrava nella vasca e scendeva a lavorare anch'esso nelle miniere.

Per la risalita si usava lo stesso metodo con la sola variante che il primo gruppo doveva farsela a piedi fino all'ingresso della cava per poter iniziare a tirare il cavo.

I lavoratori che scendevano per ultimi ed ovviamente a piedi e quindi andavano meno in profondità nelle cave, erano quelli che avrebbero poi dovuto risalire ed iniziare ad issare le vasche con i colleghi a fine giornata.

Purtroppo i minatori lavoravano in condizioni precarie: la presenza di sporcizia ed animali portatori di malattie, come i ratti, assieme alle inalazioni di gas e polveri, portava le aspettative di vita a non superare i sessanta anni. Gavrilav, a conti fatti, era già ad un terzo della sua vita. Lo sconforto quotidiano era il pensare che, per nessuno, esisteva alternativa a quel lavoro. Almeno non in quel periodo. La Seconda Guerra era finita da poco e, sebbene si potesse pensare che ci fosse necessità di manodopera per ricostruire il paese, non era per nulla così. Serviva solo il carbone, per scaldare indistintamente sia ricchi che poveri. Il resto veniva gestito dai grandi appaltatori che commissionavano il lavoro ad imprese estere con costi ancora più bassi di quelli Ucraini.

Così la vita andava avanti, giorno dopo giorno e, a dirla tutta, in realtà non era poi così male. Taisia passava le giornate a cambiare pannolini, a preparare pappe, a sognare le capitali occidentali ad occhi aperti ed a farsi passare i batticuori ogni volta che Gavrilav ritardava dal lavoro, perché poteva accadere da un momento all'altro che bussasse alla porta un collega a dirle che suo marito era stato ingoiato dalla cava o che era scivolato su qui maledetti ciottoli ed aveva sbattuto la testa irrimediabilmente.

Suo marito, fortunatamente, era sempre tornato a casa.

Dopo cinque anni di ripetitiva routine fatta di ciottoli, vasche da bagno e sogni ad occhi aperti, nacque anche un bel maschietto che i coniugi Kozlov chiamarono Aleksey.

Tra pochi alti e molti bassi la vita continuò imperterrita ed inesorabile ma, tuttavia, felice. Gavrilav amava Taisia e Taisisa amava Gavrilav. Tutti e due amavano i propri figli. Torez, anche dopo tutto quel tempo, non offriva molto, era una cittadina davvero piccola ma, almeno, una scuola ed un campo da calcio spelacchiato ce l'aveva, così i bambini poterono studiare e divertirsi a modo loro. Spesso sognavano di riuscire a metter via i soldi per poter emigrare, tutti assieme ma, nel caso se ne fosse prospettata la possibilità, la priorità sarebbe stata data ai figli. Che aspettative potevano mai avere loro due: Gavrilav aveva quasi trent'anni e sia lui che sua moglie sapevano bene che la cava lo avrebbe ucciso prima o poi, se non in maniera drastica ed improvvisa, sicuramente tra qualche anno, dopo aver mangiato abbastanza polvere di carbone.

Dopo anni ed anni di sforzi e risparmi i Kozlov riuscirono a dare a Yana, all'età di diciannove anni, la possibilità di trasferirsi nell'Europa che conta, in Inghilterra, a fare la lava piatti in un hotel di Londra che, certo, non era molto meglio di stare a Torez ma, nel contempo, le permetteva di pagarsi gli studi per diventare traduttrice.

Aleksey invece dovette attendere e, con il passare del tempo e l'impossibilità da parte dei genitori di pagare un viaggio così significativo anche per lui, fu costretto a seguire le orme del padre ed andare a lavorare nelle Kopankas. Già sapeva che la paga non fosse il massimo ma, c'era solo quello come lavoro e gli permetteva di vivere degnamente assieme ai suoi genitori in quella piccola, poco ridente e maledetta cittadina sperduta nell'estremo est dell'Ucraina. Sognava di espatriare, raggiungere sua sorella per studiare e farsi una nuova vita; per farlo gli servivano molti soldi e l'unica fonte di guadagno erano le cave.

Aleksey aveva iniziato a lavorarci a sedici anni, l'età minima era di quattordici anni ma sia Gavrilav che Taisia non se la sentirono di mandarlo in mezzo a quel tumulto così presto, così attesero un paio d'anni. A Torez, i bambini crescevano in fretta e diventavano adulti ancora più velocemente. Per i giovani le cave erano un'opportunità perché permettevano loro di lavorare solo quattro ore al giorno e di portare a casa poco meno della metà dello stipendio di un operaio a piena giornata, il resto del giorno poteva essere dedicata allo studio. Molti giovani però, sceglievano di abbandonare la scuola per lavorare nelle cave a tempo pieno, la necessità di mantenere la famiglia era troppo opprimente.

Taisia, quando Aleksey raggiunse i sedici anni, non si oppose più concedendogli di iniziare a lavorare nelle cave assieme a suo padre, a patto che avesse comunque continuato gli studi. La mattina i ragazzi andavano a scuola e nel pomeriggio potevano lavorare e guadagnare quei pochi soldi che gli avrebbero permesso di fare il salto di qualità un domani. O così almeno credevano.

Anche per Aleksey gli anni passarono e continuò a lavorare alla cava anche dopo aver completato le scuole, voleva assicurarsi un bel po' di fondi per espatriare e nel contempo continuava ad aiutare i suoi genitori in casa.

Fu durante una giornata piovosa di primavera che la galleria dove stava lavorando crollò, ricoprendolo di macerie.

Gavrilav ed Aleksey lavoravano a stretto contatto, così che il padre potesse controllare (ed aiutare) il proprio figlio durante la giornata lavorativa. Quel giorno pioveva come mai aveva piovuto prima. Taisia, quella mattina, aveva anche sprangato le porte della cantina ed aveva passato il bitume, come le aveva insegnato sua madre (a qualcosa era servita quella megera...) per non far entrare l'acqua dalle fenditure delle porte e delle finestre.

Alle cave, alcuni operai si rifiutarono di scendere quel giorno. Malgrado il maltempo, i due non si arresero e si fecero calare nelle gallerie, assieme ad altri cento operai, per estrarre nuovamente il carbone. Quel giorno arrivarono in un tratto della cava dove l'inclinazione era superiore rispetto le altre gallerie: il carbone stava per finire in quella zona e si doveva andare più in profondità. Arrivati al punto critico, dove se scivolavi non tornavi più su, Gavrilav legò una cima di una corda alla vita di Aleksey e l'altra alla propria così, nel caso fosse caduto, avrebbe potuto recuperarlo senza problemi.

Aleksey non pesava poco (circa ottanta chili), suo padre ne pesava almeno cento ed aveva vent'anni di muscoli forgiati negli anni addietro che sarebbero serviti a tenere la corda.

Il giovane si calò ed iniziò a picconare, Gavrilav teneva la fune con due mani e dietro di lui altri due colleghi lo aiutavano tenendo anch'essi con entrambe le mani la corda.

Aleksey diede due picconate e poi disse «Papà, qui non c'è nulla, dobbiamo scendere di più.»

«Fai attenzione figliolo!» Disse Gavrilav.

Girandosi poi verso i colleghi gridò «datemi più corda, devo mandar...», fu in quell'istante che perse la presa sulla corda.

Aleksey stava scivolando lungo la parete, quando cercò di usare il piccone come un rampino, piantandolo nella roccia per frenare la caduta, la volta cedette e cadendo lo ricoprì di massi e detriti.

Gavrilav trattenne la corda ed iniziò a tirare, esortando anche gli operai a fare lo stesso. Tuttavia era bloccata sotto le pietre e se avessero tirato di più l'avrebbero solamente spezzata.

«Aleksey!!!» Gridò disperatamente.

«Sto bene, papà! Però sono bloccato.»

Il giovane non era stato schiacciato dalla frana, le rocce si erano incastrare a creare una sacca in cui il busto e la testa del ragazzo erano rimaste illese. Gambe e braccia, però, erano ricoperte di pietre e bloccate a terra.

«Adesso ti tiriamo fuori figliolo!»

«OK, io non posso muovermi. Ho gambe e braccia bloccate a terra dalle pietre, fortunatamente si è formata una sacca sul resto del corpo.»

Seguì un'altra piccola frana e della polvere di carbone gli entrò nei polmoni, la respirazione era difficile e tossiva copiosamente sdraiato sul pavimento della galleria con quintali di roccia sul corpo. Gavrilav lo sentiva dall'altra parte del muro di roccia.

«Aleksey stai bene?»

«Si!» Rispose il ragazzo, ma il padre non fu in grado di sentirlo perché un tuono molto forte ne coprì le parole; dopo pochi secondi sentì acqua schizzargli sul viso.

«Papà?»

«Dimmi figliolo!»

«Penso di essermi rotto una gamba.»

«Tranquillo, adesso ti tiriamo fuori.»

I due che stavano dietro legarono un'altra corda alla vita di Gavrilav ed iniziarono a tenere l'altro capo. Aveva ricominciato a piovere e se la pioggia avesse avuto anche solo la metà dell'intensità di prima, quella galleria si sarebbe riempita in un batter d'occhio.

«Aleksey!? Sto scendendo, vengo a prenderti!»

«Fai attenzione! Qui è tutto bagnato!»

Scese di tre metri, la corda era tesa al massimo.

«Gavrilav!» Gli gridò Tomocky, il collega più anziano del gruppo.

«Non possiamo più darti corda!»

«OK, sono quasi arrivato!»

Tomocky e Kolivky, i due che tenevano la corda, fecero alcuni passi verso il baratro, arrivando vicinissimi all'orlo. Gavrilav toccò terra in quell'istante e subito si mise a scavare a mano, poi chiese un piccone ai colleghi che immediatamente glielo gettarono.

Nel contempo cercava di rassicurare il proprio figlio, dicendogli che a breve lo avrebbero tirato fuori, in realtà era preoccupato da morire. La pioggia stava scendendo come un ruscello nella cava e presto si sarebbe riempita d'acqua, mentre suo figlio era bloccato a terra senza potersi muovere.

La pioggia penetrava dall'alto dalle fenditure che il crollo aveva creato, stava riempiendo la sacca senza dare scampo al giovane, impossibilitato a muoversi. La situazione era quasi assurda: Aleksey sapeva che andando a lavorare in miniera avrebbe potuto un giorno non fare ritorno a casa ma, morire annegato in una cava era una cosa che mai avrebbe immaginato.

Dall'altra parte della frana, Gavrilav gridava ed implorava a tutti di scendere a dargli una mano ma, se qualcuno fosse sceso assieme a lui, non sarebbero più risaliti, oltre al fatto che più scavava per rimuovere i detriti più la volta cedeva e, se avesse continuato a scavare, avrebbe messo in pericolo anche gli altri lavoratori che, avendo udito le urla, erano accorsi nel frattempo.

Gettò il piccone, inutile in quella poltiglia, gli altri si fermarono, impietriti a guardalo scavare a mani nude e senza sapere cosa fare.

L'acqua emetteva gorgoglii che alle orecchie di Gavrilav giungevano come fossero grida malefiche di un diavolo marino.

«Aleksey?»

Nessuna risposta.

«Aleksey?!!»

«Sono qui papà...»

La voce però era flebile ed il ragazzo boccheggiava e tossiva.

Gavrilav aveva ormai le unghie completamente divelte e la punta delle dita era insanguinata e sporca di fango e del nero che lascia il carbone bagnato; un lato della volta cedette del tutto ed il fango coprì le gambe di Gavrilav fino alle ginocchia.

Gli altri inizialmente indietreggiarono, poi Kolivky fece la prima mossa e tutti presero la stessa decisione: iniziarono a tirare la corda e lo portarono via a forza.

Ci vollero quattro persone per farlo. Gavrilav si attaccava a tutto quello che trovava pur di rimanere ancora sul fondo di quella pozza per provare a salvare il proprio figlio.

«Papà...» disse sommessamente Aleksey e tutti si bloccarono, compreso Gavrilav; il suono dell'acqua che sciorinava sulle pietre era una tortura, poi continuò: «...dì alla mamma... che le voglio bene.»

Nessuno seppe mai se Aleksey, prima di venire soffocato dall'acqua piovana, fosse stato in grado di sentire suo padre che gridava ostinatamente il suo nome.

Tutti però avrebbero ricordato a lungo il suono delle urla disperate di Gavrilav.

Taisia e Gavrilav faticarono a riprendersi dalla morte del loro ultimo genito.

Ormai erano soli. Yana era a Londra, Aleksey in una bara e loro a Torez.

Decisero quindi che forse sarebbero sopravvissuti meglio a quella perdita se si fossero spostati a nord, a Chernobyl magari, dove stavano aprendo una nuova centrale elettrica nucleare che avrebbe dato lavoro ad un sacco di gente. Dimenticarsi di Torez forse, li avrebbe aiutati a mitigare il dolore, per quanto possibile.

Era il 1984 quando i due si spostarono a Chernobyl; la vita era più semplice, la cittadina era più carina ed avevano tutte le comodità: c'era un supermarket ben fornito, un medico e persino un benzinaio. Non avrebbero mai potuto dimenticarsi del loro amato figliolo ma, le ferite si stavano pian piano rimarginando. Col tempo avrebbero smesso di sanguinare ed avrebbero lasciato posto solo ad una grossa cicatrice.

Due anni dopo, il reattore nucleare della centrale esplose, portando con sé l'ondata di radiazioni che si espanse nei paesi baltici e in maniera ridotta, anche nell'ovest d'Europa.

Ormai senza lavoro e spaventati dalle notizie che arrivavano dai telegiornali sulle radiazioni a conseguenza dell'esplosione, Gavrilav e Taisia decisero di spostarsi nuovamente ma, stavolta, in maniera drastica andando più ad ovest e trovando lavoro prima in Germania e poi stabilmente in Francia nel 1988, quando Taisia rimase incinta, alla stupefacente età di cinquantatré anni, per la terza volta.

Alla fine dello stesso anno in cui giunsero in Francia, nacque Anatoliy, un bimbo sano e bello che speravano avrebbe nascosto le cicatrici, forse per sempre.

Purtroppo però il destino decise di non essere benevole con la famiglia Kozlov: qualche mese dopo il parto, Taisia si ammalò di tumore. Le scoppiò improvvisamente: al seno, alle ovaie, ai polmoni.

I medici non riuscivano a spiegarsi come potesse avvenire una metastasi talmente degenerativa e veloce. Solo un contatto prolungato con delle radiazioni avrebbe potuto portare Taisia ad ammalarsi così velocemente.

L'unica anomalia che riscontrarono, un giorno durante una delle sedute di radioterapia, fu che la strumentazione per la gestione del fascio di fotoni penetranti, riscontrò un aumento delle radiazioni di ben 10 volte superiore alla norma mai avvenuta in ogni precedente trattamento

Quel giorno, Taisia e Gavrilav, avevano portato Anatoliy con loro.

La Caccia

Si avvicinò alla poltrona con passo deciso ma cercando di non essere invadente. Nel camino danzavano lente ed imprevedibili le fiamme, illuminando il viso del suo principale, immerso nella lettura di ritagli di giornale ormai scoloriti ed ingialliti dal tempo.

«Penso che ormai lei conosca a memoria ogni singola parola di quegli articoli».

Michael, quasi inglobato nella poltrona, sembrò non sentire nemmeno quello che Lucius gli stava dicendo.

Poi d'un tratto, come destatosi da un sonno profondo, gli rivolse la parola.

«Si poteva evitare.»

«Hummm… può darsi.»

«Avremmo dovuto.»

«Avete provato, per quanto vi è stato possibile.»

«Ma non ci siamo riusciti… ed in tanti hanno perso la vita; amici, nemici, tanti esseri umani.»

«Signore se mi permette, non può pensare di salvare il mondo in ogni singola situazione.»

«È vero, ma quando ci si addossa delle responsabilità tutti gli sbagli pesano come piombo. Charles sosteneva sempre: "Da grandi poteri derivano grandi responsabilità", lo aveva letto nei fumetti diceva, al tempo mi sembrava sciocco parafrasare uno slogan di un fumetto, ma ora mi rendo conto di quanto fosse vero.»

«Michael, lei sta già facendo molto ora con la campagna di protezione contro gli Alter, e con le elezioni che si terranno tra due settimane potrebbe mettere in pratica quello che da tempo sogna.»

«Sono solo parole quelle che dico alle convention, vorrei riuscire a concretizzare qualcosa.»

Le mani sostarono tra le gambe stringendo i ritagli e lo sguardo si perse sul tappeto, fievolmente illuminato dal camino.

«Lucius devo uscire, preparami la Spacer.»

«Come desidera, Signore. Metterò la cena nel forno, dove potrà trovarla al suo ritorno.»

Michael si alzò e si recò con passo deciso verso la parete che dava a nord, esattamente sotto il dipinto gigantesco che ritraeva il suo bis bis-nonno, si fermò a mezzo metro di distanza e, con il braccio teso, disegnò una grande "P" sul muro. In cinque secondi si aprì una porta che dava sulla sala controllo di Primus, vi entrò e la porta scomparve.

Si ritrovò quindi nella sua centrale di controllo, si diresse verso sinistra e girò una manopola che stava sul muro. In pochi secondi si aprì una specie di armadio che conteneva i suoi costumi.

Non gli ci volle molto ad indossare la tuta in spandex rinforzata con kevlar, ormai la sentiva come una seconda pelle. In tutti quegli anni ne aveva distrutte chissà quante, ed ogni volta riusciva a migliorarne la qualità, talvolta applicando nuovi componenti tecnologici, talvolta sottoponendo laboratori di chimica alle sfide più ardue.

Prese l'elevatore e si diresse di sotto, in garage.

La seconda cosa con cui aveva confidenza e con cui si sentiva a suo agio era la Spacer. Era bellissima, dotata di una speciale vernice nera che poteva diventare lucida, ottima per la guida in città in modo da nascondersi tra i neon e le luci delle piazze, oppure all'occorrenza scoprire lo strato di Vantablack per le campagne, dove nemmeno la luna piena riusciva a far brillare un solo angolo di quella meraviglia. La contemplò per un secondo, poi salì a cavalcioni, si infilò il casco, si aggiustò i guanti e prese in mano l'acceleratore. Sul quadro si accesero una miriade di spie rosse, verdi e gialle; il mezzo era tarato per riconoscere i microsensori installati nella tuta di Primus. Diede una veloce occhiata alla strumentazione e poi girò la manopola del gas facendo sfrecciare la Spacer fuori dal garage di Villa Hart.

Viaggiando a tutta velocità sulle strade tra le colline, non riusciva a rilassarsi. Gli alberi correvano verso di lui ai lati della strada, troppo velocemente da poterli distinguere l'uno dagli atri. Rallentò l'andatura, levò dal manubrio la mano sinistra ed alzò la visiera del casco. Aveva bisogno di sentire l'aria sulla sua faccia, questo lo rendeva vivo.

Mollò la presa sull'acceleratore, la Spacer stava rallentando quando per poco non si rovesciò al passaggio di un furgone bianco che lo sfiorò durante il sorpasso.

Michael imprecò verso quell'autista con troppa fretta, mentre passava in rassegna il retro del furgone: paraurti ammaccato a sinistra, un adesivo appiccicato appena sopra con la scritta "se riesci a leggere questo sei troppo vicino", qualche graffio alla carrozzeria presso la maniglia e del cartone a coprire il finestrino posteriore, tranne in un angolo dal quale gli sembrò di vedere qualcosa muoversi. Qualcosa che assomigliava ad una persona che non stava proprio a suo agio all'interno di quel mezzo; un viso che assomigliava a... Martha!

Azzardò un sorpasso, ma solamente per dare un'occhiata alla fiancata e in blu a caratteri cubitali era riportato: Bluewater, una secca soluzione ai vostri umidi problemi.

Michael inserì vocalmente la targa del furgone nel computer della Spacer, risultò che il mezzo era effettivamente intestato alla ditta di idraulica Bluewater ma, che era stato anche rubato qualche settimana prima; tentò nuovamente il sorpasso, questa volta per provare a bloccare il mezzo. Scartò a sinistra mentre si abbassava la visiera, diede gas per superare ma il furgone sterzò improvvisamente cercando di farlo uscire di strada, la Spacer era comunque più veloce e maneggevole e con un lieve giro di polso sull'acceleratore era già davanti al furgone.

Gli specchietti retrovisori ora mostravano non più un furgone ma ben due. Lui tenne l'andatura controllando i suoi inseguitori nei retrovisori integrati nel casco. Uno dei due si staccò dal gruppo e si diresse su una mulattiera verso la boscaglia. Di fronte ora si stagliava il ponte sul fiume vicino alla vecchia centrale idroelettrica, era molto lungo, stretto e diritto che attraversava tutto il bacino idrico formato dalla diga artificiale, a circa cinquanta metri d'altezza. Allentò il gas per cercare di fermare il furgone ed usò nuovamente gli specchietti nel casco per guardare indietro; gli era quasi addosso, diede gas e sfrecciò sul ponte e, proprio nel mentre si rese conto che dalla parte opposta stava arrivando quello che si era addentrato nella boscaglia, era riuscito evidentemente a trovare una scorciatoia per superare il ponte, ora gli stava arrivando proprio addosso. Era quasi a metà del ponte quando inchiodò, la moto slittò con la ruota posteriore e si girò fermandosi di traverso sulla carreggiata.

I due furgoni stavano puntando entrambi su di lui, uno da destra e l'altro da sinistra. Il ponte si trovava a cinquanta metri sopra la superficie dell'acqua che scendeva ad una profondità di trenta; ormai erano a poco meno di due metri da lui. Michael non aveva scelta, scalò in prima e poi diete a tutto gas, la Spacer sfondò il parapetto del ponte trovandosi nel vuoto, mentre gli altri due mezzi si scontravano frontalmente prendendo fuoco.

La Spacer stava precipitando velocemente verso il

fiume ed ormai solo una decina di metri la dividevano dal muro d'acqua, Michael decise che era ora di agire; allungò il pollice della mano destra sul tasto giallo e lo premette a fondo. Le carene della Spacer si aprirono a formare delle ali, il codolo della moto si trasformò in un timone mentre il telaio si allungava in modo da permettere di ottenere una posizione bocconi. Le ruote si compressero verso il telaio, la marmitta emise un rombo ed una fiammata diede potenza al mezzo. Lo sterzo si modificò in modo da permettere movimenti più agevoli e simili a quelli di una vera e propria cloche a due mani.

Tirò con forza le leve e la Spacer virò verso destra, in pochi secondi era già sul retro del furgone. Scese molto velocemente e sradicò con forza il portellone posteriore; al suo interno però non c'era nessuno.

Come poteva essere?

Era sicuro di aver visto qualcuno che faceva capolino dietro a quel cartone. Si girò verso il portellone che giaceva a terra e ci vide legato un fantoccio; l'avevano preso in giro, era una trappola ben organizzata e avevano fatto leva sull'emotività del momento.

Stavano diventato bravi, più attenti e stavano iniziando a conoscerlo. Seppur coriaceo ed indurito da anni di vigilanza, Primus era comunque un uomo sotto la maschera. Per sua fortuna, in tutto questo tempo, non si era mai trovato in situazioni che coinvolgessero le sue emozioni, grazie anche al suo assenteismo dalla vita di tutti i giorni. Mai una fidanzata, mai un vero amico; se non i ragazzi della Lega e Lucius.

Michael capì che chi aveva rapito Martha era determinato a tutto pur di eliminarlo, ma lui lo era altrettanto, pur di recuperare la sua amica. Raccolse da terra la targa del furgone e la esaminò nuovamente. Il computer della Spacer si collegò ai satelliti dell'FBI che monitorizzavano il traffico: se era fortunato quegli idioti avrebbero riportato il furgone al loro quartier generale. Il computer consegnò i tragitti del furgone direttamente sul monitor del casco. Con grande entusiasmo scoprì che, in effetti, l'autista si era fermato a lungo in un capannone ai bordi del molo.

«Bingo!»

L'entusiasmo però svanì quasi subito, quando realizzò che, probabilmente, il giro in moto poteva essere stato monitorizzato, forse lo stavano tenendo d'occhio anche adesso e quindi poteva essere tutta una montatura per portarlo direttamente nel loro quartier generale. Nella tana del lupo, nel covo della tigre; diritto nella bocca del suo nemico.

Icyman

Un odore stantio di muffa e calcestruzzo nell'aria, oscurità e spazi immensi in disuso; raggi di luce come fossero raggi laser, che filtravano tra le assi poste a chiusura delle immense finestre. Un vetro rotto a terra, sotto gli infissi marcescenti e la luce che penetrava dai varchi illuminava le particelle di polvere mentre danzavano sospinte dalla brezza che si infiltrava tra le crepe nei muri.

Il capannone non sembrava un vero e proprio covo da cui Icyman potesse essere in grado di far partire tutte le operazioni del suo crimine organizzato. Nessun computer, nessuno schermo al plasma, nessun bip-bip o rumore di nastri che si riavvolgessero e, repentinamente, ripartissero. Sembrava solamene un vecchio rudere.

«Allora!? E' tutto pronto?»

«Sì mio signore, attendavamo il suo via.»

«Bene! Procediamo!»

Due scagnozzi portarono dinnanzi ad Icyman, che sedeva su una specie di sedia medioevale vagamente ricordante un trono, una tavola di legno a cui era legata Martha Once.

«E tu, ragazza mia, sei pronta?»

«Non ti aiuterò mai, schifoso ghiacciolo di merda!» Rispose Martha.

«Oh, parli forbito vedo! Tra poco non avrai tanta voglia di parlare e farai solo quello che io ti dirò di fare.»

«Non credo proprio!»

«Oh, credo proprio invece – sentenziò Icyman – Non appena ti avrò iniettato questo siero di mia invenzione, non potrai far altro che obbedirmi!»

L'Execraris si avvicinò alla donna, lei iniziò a dibattersi come un'anguilla, cercando di liberarsi dalle cinghie che la opprimevano.

«Tenetela ferma, razza di idioti! Non posso certo sprecare una dose!»

Due energumeni della Banda delle Lapidi furono subito sopra di lei, immobilizzandole il braccio. Icyman inserì l'ago e premette sullo stantuffo della siringa. In pochi secondi Martha si rilassò ed appoggiò la testa alla tavola.

«Ah ah ah! Bene! Funziona! Non ne ero sicuro accidenti, sono un genio!» Rise istericamente compiaciuto, poi aggiunse «Ora fatelo entrare! Che si dia da fare non appena la signorina qui presente focalizza l'oggetto.»

I due lasciarono perdere la signorina Once e scomparvero nell'ombra, ricomparendo dopo qualche secondo scortando Charles Conquer.

Marta nel vederlo si stupì «Charles! Hanno catturato anche te?!»

«Non mi hanno catturato, Martha. Sono qui di mia spontanea volontà.»

La sua espressione era vuota, quasi di sconforto, come se tutto quello che stava per fare fosse necessario. Un sacrificio dovuto. Come Abramo che, esortato da Dio, si reca sul monte Moriah per immolare il proprio figlio Isacco.

«Charles, sei impazzito?!»

«No! Se te lo stai chiedendo, non lo faccio per soldi o altro ma lo faccio per il nostro bene.»

«Charles, stai tradendo tutto quello in cui credevi! Tutto quello in cui noi tutti credevamo.»

«Per vincere una guerra, servono sacrifici.», disse Charles distaccato.

«Non posso credere che tu sia arrivato a tanto! Non posso credere che tu abbia tradito Primus!»

«Ho fatto solo quello che dovevo! Una volta tanto, è il topo a mangiare il gatto…»

«Basta! Stiamo perdendo tempo!» Irruppe Icyman.

«Tu, presto – rivolgendosi a Martha – usa i tuoi poteri per trovare questo.» ed alzando il braccio le mostrò un foglio.

Marta ridacchiò dicendo «Sono anni che non ho più i miei poteri! Il ghiacciolo ha fatto un buco nel ghiaccio questa volta!»

«Martha la sua formula funziona, è così che ha fatto tornare anche i miei poteri.», disse Charles «Questa versione è soltanto più potente e modificata, così che tu non possa opporti ai suoi comandi.»

Il mix di droghe create dall'Execraris iniziava a fare effetto, Martha non avrebbe potuto disobbedire ai comandi che il mostro le stava per impartire e nel frattempo i suoi poteri iniziarono a tornare.

Dopo qualche secondo di paura e smarrimento, Martha era tornata ad essere Locator ed era al servizio di Icyman.

La donna si dibatteva sull'asse, evidentemente il ritorno dei poteri ed il loro utilizzo dopo così tanti anni, stava provando il suo sistema nervoso.

«Ce l'ho!» irruppe all'improvviso, tendendo la mano in avanti.

«Presto, Charles! Prendile la mano!» Ordinò Icyman.

L'uomo si avvicinò dolcemente e titubante alla mano di Martha, la guardò, poi la strinse; la sua testa si ribaltò all'indietro ed i suoi nervi si tesero, come se nel suo corpo fossero passati migliaia di volt.

Sopra di loro si aprì una voragine, che sembrava essere un passaggio interdimensionale. Quando ancora militavano nella Lega e si facevano chiamare Locator l'una e Lo Spettatore l'altro, non avevano mai pensato di unire il loro potere. Era così banale, io te lo mostro e tu mi dici dove sta, eppure non c'erano mai arrivati. Adesso ci avrebbero anche riso sopra, se la situazione l'avesse permesso; ma questo non era il caso.

Icyman guardava in quell'apertura famelicamente: vedeva un militare che, carponi, cercava di girare una manopola, poi una mano che premeva un bottone rosso ed alla fine proruppe «Si! Si! Eccolo!!!» E poi rivolgendosi a Toadeus «Presto! Tiralo fuori da quel buco!»

Il galoppino allungò le braccia all'interno del portale, prese con le mani un aggeggio e provò a tirare.

«Non viene...», si lamentò.

«Voi due, energumeni, dategli una mano!»

I due presero Toadeus, uno per le spalle, l'altro per i fianchi, ed incominciarono a tirare con tutta la forza che avevano.

Toadeus cadde all'indietro. Le sue mani appiccicose erano rimaste attaccate all'oggetto che Martha e Charles avevano localizzato.

Il problema era che, attaccato all'oggetto, c'era anche Anthony Lobber.

Direttamente dal 1986.

Anthony IV

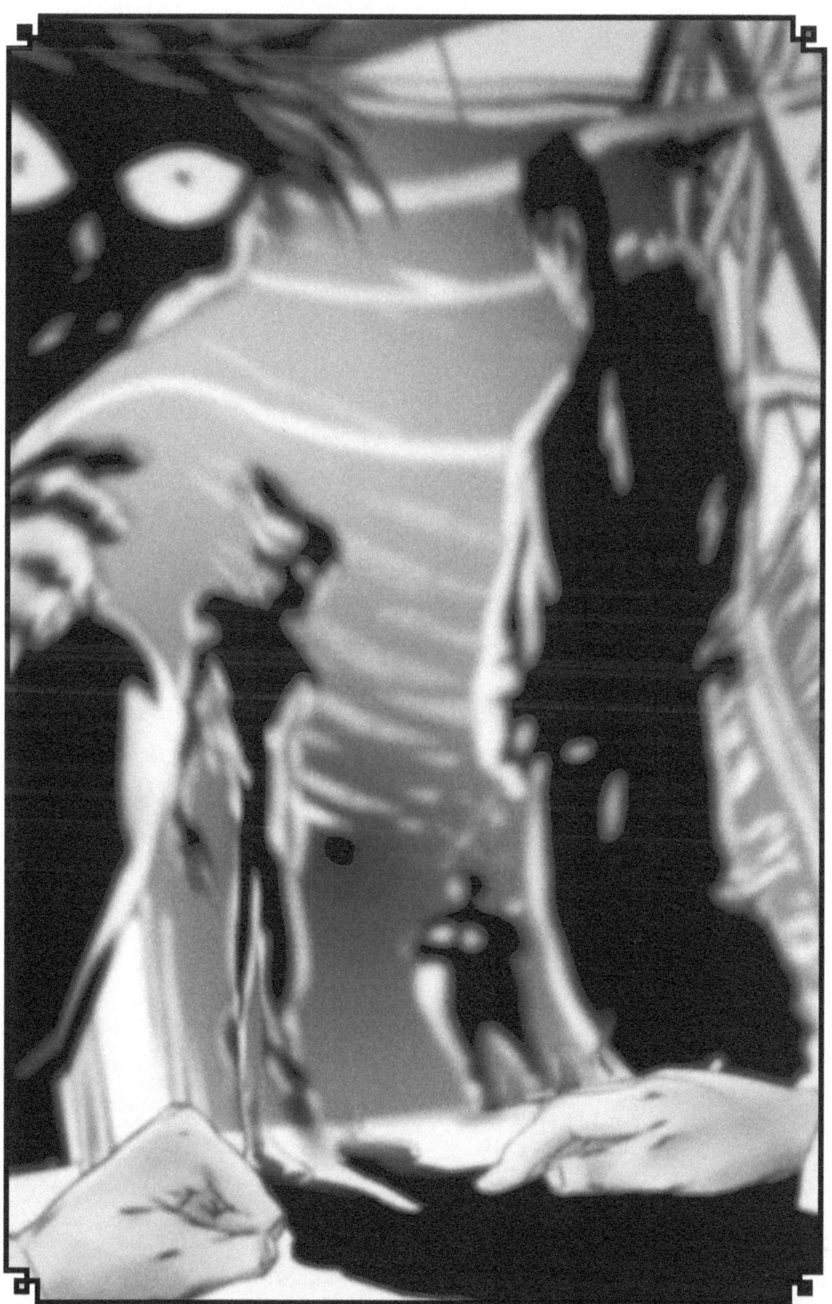

Anthony si ritrovò sdraiato a terra con un mal di testa di quelli bastardi.

Quando gli occhi misero a fuoco, si rese conto di non essere al Pentagono.

Era in uno stanzone grigio ed ampio. Di militari nemmeno l'ombra ma attorno a lui c'erano delle persone: una donna di colore che avrà avuto circa cinquant'anni, un vecchietto raggrinzito e con i capelli bianchi ed un paio di… non sapeva come definirli. Mostri avrebbe detto, così, al primo sguardo: uno se ne stava accucciato a terra ed aveva occhi grossi e sporgenti, la lingua bavosa gli penzolava dalla bocca ed era lunghissima! Aveva l'aspetto di un rospo…

L'altro era alto e snello, ben vestito a dire il vero, ma terribilmente pallido ed inquietante. La pelle era azzurra ed i denti aguzzi. Faceva rabbrividire.

Il silenzio era totale in quella stanza, un po' di polvere svolazzava in giro e c'era odore di bruciato.

Poi svenne.

L'Arrivo

Primus scese dallo Spacer e si avvicinò allo stabile, era fatiscente ed evidentemente in disuso.

Diede una rapida occhiata alla facciata, l'immenso portone era chiuso e, ovviamente, non avrebbe mai potuto entrare da lì a meno che, non si fosse voluto consegnare apertamente ad Icyman ed ai suoi uomini. I finestroni sopra il portone erano chiusi anch'essi; invece sul lato sinistro, le prese d'aria del sistema di ventilazione erano accessibili. Decise quindi di avvalersi del vecchio metodo della grondaia di scolo delle acque piovane, per salire fino alle grate; mentre saliva scivolò con i piedi un paio di volte ma, la presa delle mani era ben salda e con limitata fatica riuscì a raggiungere la prima grata. La rimosse con facilità, entrò nel cunicolo e lo percorse fino alla fine, il condotto terminava al centro del capannone e poi si diramava sui due lati. Decise quindi di tornare indietro fino all'inizio del cunicolo, aprì una tasca della sua cintura e ne estrasse un oggetto che ricordava una piccola sega circolare. In effetti era una piccola sega circolare ma modificata, così da poter effettuare tagli evitando il contatto diretto. Quell'oggetto era formato da due dischi saldati sui bordi delle lame, in modo a formare una tasca d'aria in cui poteva svilupparsi la fiamma ossidrica, prodotta dalla miscela di due bombolette contenenti idrogeno ed acetilene, miscelate nel manico della sega e rilasciate nella camera saldata. La saldatura era perfettamente sigillata con un solo foro, da cui poteva uscire la fiamma ossidrica. La rotazione della lama circolare ne creava così un'altra incandescente a circa 3000 gradi centigradi, in grado di tagliare qualsiasi cosa. Usò la sua sega ossidrica per ricavare un'apertura sulla parte superiore del condotto, da poter usare come uscita.

Da quella posizione poteva vedere tutto il capannone, spettralmente vuoto. Catene che penzolavano da una serie di carri ponte installati su tutta l'arcata dello stabile e nel mezzo si trovavano alcune persone. Si spostò per poter osservare meglio e poté constatare che al centro del capannone c'era una specie di trono, su questo vi sedeva Icyman, di fronte a lui c'era una tavola di legno posizionata verticalmente e sorretta da due scagnozzi della Banda delle Lapidi, inoltre c'era un altro uomo, sostenuto da altri due scagnozzi; sembrava malconcio e privo di sensi.

Primus si avvicinò quanto bastava per poter vedere e sentire meglio, anche per poter intervenire al momento più opportuno. In realtà non sentiva un gran che di quello che dicevano, il capannone era immenso e produceva un eco che mischiava per bene le parole in un riverbero indefinito ed incomprensibile. Quello che vide, invece, gli fece sobbalzare il cuore.

«Su forza! Rimettetelo in piedi e bloccatelo.»

Due scagnozzi presero Anthony, lo misero in piedi e lo legarono ad un pilastro del capannone.

Nel frattempo Anthony si risvegliò e riconobbe quella voce, era la voce di Icyman, uno degli Execraris più potenti della terra.

Ma cosa voleva quella gente da lui e perché era in quel posto.

Ricordava solamente di essere andato al Pentagono per... per... diamine si, per avere vendetta!

Doveva vendicare la sua amata Susan. Ma la testa gli faceva troppo male e non riusciva a pensare lucidamente.

Sicuramente tutto questo era un trucco, forse del governo o forse delle Lapidi questo non lo sapeva. Forse avevano usato del gas per stordirlo che gli aveva procurato allucinazioni. Non riusciva a pensare in modo chiaro. Tutto era confuso ed ovattato.

Icyman II

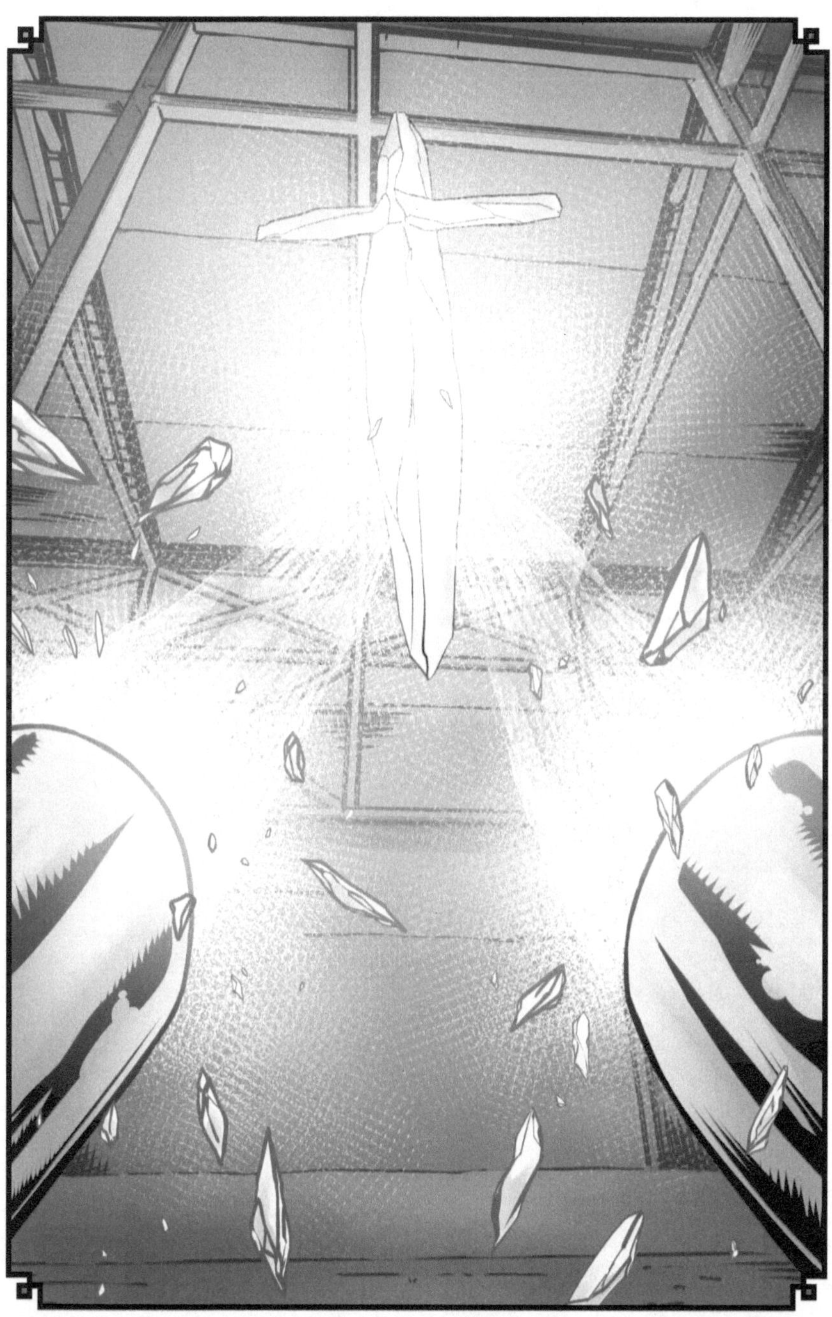

Dalla nuca gli usciva un rivolo di sangue, proprio all'altezza di dove il pungiglione del marchingegno che si era messo in testa gli aveva procurato un foro.

«Ok, non perdiamo tempo portatemi subito quell'elmetto a terra e tenete d'occhio l'uomo!» Disse Icyman.

I due eseguirono gli ordini mentre il mostro si metteva in testa il marchingegno, emettendo un grugnito nel momento esatto in cui venne punto alla base del cervello dal pungiglione.

Gli occhi gli si iniettarono di ghiaccio, le vene si gonfiarono e parevano essere diventate dei fiumi blu che gli scorrevano su collo e volto. Le tempie pulsavano e la pelle divenne ancora più bianca.

«Siiii! Lo sento! Funziona! Ah ah ah!»

Il macchinario che il Meccanico aveva creato stava agendo sui suoi poteri, li stava ampliando, rendendolo una volta per tutte l'essere più potente in quella stanza.

Icyman inebriato, puntò le braccia verso l'inerte Martha e lascò partire una scarica di ghiaccio che la ricoprì interamente.

Primus rimase impietrito. Martha era sicuramente morta congelata, pochi secondi dopo che il flusso di ghiaccio l'aveva investita. Sul suo volto era dipinto lo sgomento, come una statua di ghiaccio che contempla la fine del mondo. Il volto di Primus invece era il dipinto del dolore, il suo cuore subì un sobbalzo esagerato, tanto da fargli portare al petto una mano.

Martha era morta e lui non riusciva a credere di non essere stato in grado di fare nulla per evitarlo. Era ovvio che il suo amore per quella donna non aveva mai raggiunto la fine del viale del tramonto. Avevano avuto diverse possibilità di riavvicinarsi ma le cose non erano semplici come apparivano, soprattutto a causa della missione politica di Michael.

Icyman rise ancora fragorosamente.

Primus saltò giù da uno dei carri ponte urlando dalla rabbia e gli fu addosso.

"Glacier! Bastardo!!!"

L'Execraris fu sorpreso da quell'entrata ma, ripensando a quello che aveva in testa, si riprese subito e passò al contrattacco.

"Ah ah ah! Primus! Ti stavo aspettando!"

Folate di ghiaccio uscivano dalle sue mani, potenti e gigantesche.

Era ubriacato di potere, rideva come un pazzo ed era ormai incontrollabile.

Primus schivò tutti i colpi ed avanzò verso di lui, l'adrenalina scorreva più che mai nelle sue vene. Era arrabbiato, talmente arrabbiato che avrebbe ucciso Stephen Glacier non appena ne avesse avuto la possibilità.

Icyman alzò le mani al cielo, il ghiaccio scorreva dalle sue vene verso l'alto e subito si ricompose, formando una gigantesca spada che velocemente si abbatté su Primus il quale, per evitare il colpo, alzò le braccia verso di essa in modo da bloccarla ma questa le scivolò tra i palmi chiusi, facendo appena in tempo a spostare la testa e venendo colpito alla spalla sinistra.

Lui si inginocchiò sotto il colpo, malgrado l'armatura di kevlar sembrava averlo attutito alla grande, complice il rallentamento che la pressione delle mani aveva esercitato sulla spada.

Icyman rimase fermo a guardalo, pensava che un colpo simile avesse dovuto abbatterlo ed invece era ancora lì, in ginocchio a testa bassa.

Gocce di sangue scendevano ora dalla ferita inferta dalla spada. Il kevlar gli aveva impedito di perdere un braccio ma non era riuscito ad attutire il colpo totalmente.

Primus prese la spada tra le due mani, spingendola verso l'alto, si rimise in piedi e con uno sforzo immane la gettò all'indietro

Icyman, che non era pronto a quella reazione, se la lascò sfuggire di mano e la spada volò via alle sue spalle.

Primus quindi gli si gettò contro, l'Execraris ebbe poco tempo per reagire, alzò le braccia verso di lui per una nuova scarica. Gli era quasi addosso quando vide la testa ghignate di Icyman cadere in una pozza di sangue blu, poco dopo anche il suo corpo si afflosciò come una buccia di banana abbandonata.

Rimase sconcertato, arrabbiato perché qualcuno gli aveva tolto la possibilità di vendicarsi, o forse stupito di provare comunque un senso di vuoto. Sarebbe stato davvero capace di uccidere? Vedere il corpo dell'Execraris giacere a terra, senza vita non gli dava questa garanzia.

Ma non era ancora venuto il tempo delle distrazioni: un piede calò sulla testa di Icyman ed una mano si abbassò a raccogliere il casco che ancora vi era attaccato. Alle spalle della buccia di banana blu che rimaneva al posto del pazzo, si stagliava una figura in controluce, maestosa e potente. Con una mano reggeva la spada di ghiaccio mentre con l'altra si stava infilando il casco appena raccolto.

Era Anthony.

Primus lo guardò, era come se Davide guardasse Golia e nessuno avrebbe mai detto che Primus potesse essere considerato Davide!

Anthony era grosso, molto più grosso di quanto se lo ricordava. É vero era passato tanto tempo ma, era sicuro che la stazza del suo amico fosse ben diversa anni fa.

Non cercò di comunicare con lui, sarebbe stato tempo sprecato. Era meglio invece pensare subito a cosa fare.

Anthony aveva gli occhi iniettati di sangue, i suoi muscoli erano gonfi quasi pronti a scoppiare come palloncini riempiti troppo. La rabbia permeava il suo viso e schiuma usciva dalla sua bocca. Era chiaro che non c'era più niente di Anthony in quel corpo.

Primus era attonito e faticava a muoversi, complice la ferita che aveva alla spalla.

Anthony, con l'ausilio delle sue capacità mentali potenziate dall'elmetto, fece alzare Primus a mezz'aria e lo contemplò per qualche secondo, come se la mente di Anthony volesse cercare di fermare il suo corpo. Poi lo scaraventò contro il muro, dove vi rimase conficcato. Infine gli lanciò contro la spada, con tutta la forza che aveva.

La punta della spada, però, si fermò a pochi centimetri dal petto di Primus.

Fluttuava a mezz'aria e l'impugnatura era retta da una mano con un guanto rosso.

La stessa mano fece roteare la spada con un gesto repentino e la scagliò verso Anthony che rimase ferito a sua volta ad una gamba.

Anthony allora si alzò in volo e si gettò contro quella figura rossa e gialla.

La figura era immobile, aspettava solo che Anthony si avvicinasse.

Non appena fu a tiro, scagliò un potente pugno intercettando Anthony al volo, il quale rotolò via come un volatile abbattuto.

Primus, dopo qualche secondo di silenzio, alzò la testa verso l'uomo e chiese «Chi sei tu?»

«Sono Geiger» rispose l'uomo con spiccato accento russo.

Poi si fiondò sul corpo a terra di Anthony, gli strappò dalla testa l'elmetto e lo ridusse ad una palla di metallo pressandolo a mani nude.

Geiger quindi tornò da Primus per accertarsi delle sue condizioni.

«E' un piacere conoscerla, signore»

Primus mise a fuoco meglio: 25 anni circa, di sicuro non arrivava ai 30, un metro e novanta, approssimativamente 95 chili. Costume sgargiante, troppo forse per combattere il crimine in quella città cupa e grigia. L'accento Russo ed il rosso dello spandex confermavano le origini del personaggio: Europa dell'Est, proprio Russia molto probabilmente. Non aveva falci o martelli sul petto e nemmeno altri simboli scontati. Il costume era solamente rosso con una "V" gialla in mezzo. Doveva per forza essere uno dei nuovi Alter che erano comparsi in tutta Europa.

«Avrei preferito ci fossimo incontrati in altre condizioni signore ma, il piacere è tutto mio.»

Geiger tese una mano a Primus che si lasciò sollevare e si rimise in piedi, guardò oltre le sue spalle e vide che Anthony stava per colpire il nuovo amico con un tondino d'acciaio, lo scostò e gli sferrò un pugno.

Anthony stava invecchiando precocemente, come una mummia egizia e come una statua di sabbia si sgretolò a contatto con il pugno del vecchio amico.

Primus contemplò il mucchietto di polvere e poi disse «Il suo corpo non deve aver retto allo sbalzo temporale ed allo sforzo dovuto al marchingegno che aveva in testa.»

«No, signore – disse Geiger – penso sia stata la mia radioattività indotta.»

Geiger notò un segnale, quasi di paura, sul volto di Primus.

«Non si preoccupi, posso controllarla.» Disse col suo accento russo, sorridendo.

«Adesso leviamoci da qui e lasciamo che se ne occupino le autorità.»

«Ma Martha...» disse sgomento Michael.

«Purtroppo non c'è più niente da fare, mi dispiace signore. Ora dobbiamo andare però, ci penserò io ad avvisare chi di dovere.»

Geiger avvicinò il polso alla bocca e dopo un breve "bip", sussurrò qualcosa in russo.

Poi si rivolse a Primus «ok, andiamocene.»

«Un momento» disse Michael «come facevi a sapere...»

«Come facevamo. Siamo un gruppo di Alter proveniente da tutta Europa, per la maggior parte dall'Europa dell'est. Io sono Russo, per esempio.»

«Sì, ma...» Michael capiva, non era stupido, ma voleva che fosse Geiger a scoprire le carte.

«Abbiamo tra di noi un sensitivo, ha percepito lo scostamento transitorio dell'apertura del varco temporale creato dall'unione dei poteri di Locator e dello Spettatore, il che mi ha permesso di raggiungervi.»

Michael rimase in silenzio, si appoggiò al ragazzo e, insieme, si diressero lentamente all'esterno.

Quando furono fuori dal capannone Primus salì sulla Spacer e si diresse verso la villa mentre azionava il comunicatore.

«Lucius, prepara l'infermeria.»

«Signore, è tutto a posto?»

«No Lucius, abbiamo perso Martha, Anthony è morto – definitivamente, questa volta – ed io sono ferito. Anche Icyman è morto. Credo che sia finita.»

«Signore, Anthony è morto tanti anni fa, è sicuro di stare bene?»

«No, Lucius, non sto per niente bene. Oggi ho perso qualcosa di insostituibile ma, forse è l'alba di un nuovo giorno. L'alba di una nuova era.» E si voltò a guardare Geiger che, immobile sul piazzale, lo salutò con un braccio alzato per poi scomparire in cielo.

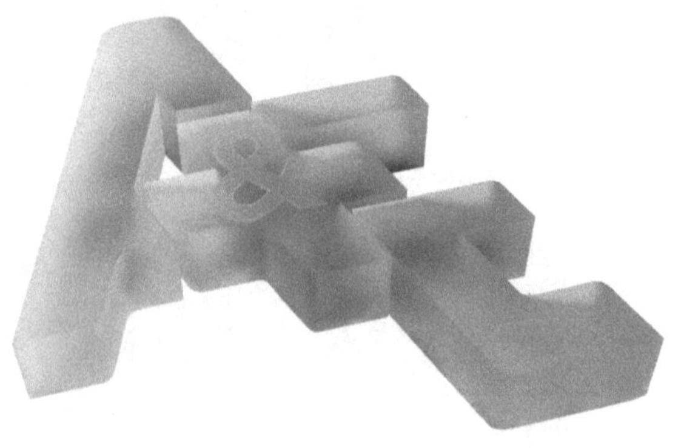

www.ingramcontent.com/pod-product-compliance
Lightning Source LLC
LaVergne TN
LVHW101942220826
846093LV00006B/91

* 9 7 8 1 9 1 3 9 6 4 0 8 5 *